L'homme spirituel Pneumatikos

L'esprit, l'âme et le corps céleste

Joël Mveing

Édition originale publiée en français sous le titre : ***L'homme spirituel_ Pneumatikos**, L'esprit, l'âme et le corps céleste*.

Tous droits réservés. Aucune partie du texte contenu dans ce livre ne peut être reproduite, diffusée ou transmise sous quelques formes ou moyens que ce soit, électronique, mécanique, photocopie ou autres, sans l'accord préalable écrit de l'éditeur. De courts extraits peuvent être utilisés pour les besoins d'une revue.

© Joël Mveing, 2024
Édition : BoD · Books on Demand GmbH, In de Tarpen 42,
22848 Norderstedt (Allemagne)
Impression : Libri Plureos GmbH, Friedensallee 273, 22763 Hamburg (Allemagne)
Impression à la demande
ISBN : 978-2-3225-5391-4
Dépôt légal : Décembre 2024

Sauf mention contraire, les citations bibliques utilisées dans le présent ouvrage sont extraites de la version Louis Segond 1910.

Sommaire

Introduction 9
Chapitre 1 : Le concept de la totalité 13
Chapitre 2 : Pneuma_l'esprit 19
    L'approche générale du concept de l'esprit 19
    Approche biblique du concept de l'esprit 20
    Quelques types d'esprits 23
    Les composants de l'esprit 26
Chapitre 3 : Psuche_l'âme 103
    Le siège de l'intelligence 104
    Le siège de la volonté 107
    Le siège de l'émotion et du sentiment 113
Chapitre 4 : Soma_le corps céleste 127
    Vue d'ensemble sur les origines des êtres humains 128
    Le Saint-Esprit et le corps 130
    Quelques dangers pour le corps humain 134
Chapitre 5 : Vis pleinement ta dimension céleste sur la terre .. 141
Prière du salut 145

Cet ouvrage est dédié à mon amour, à ma femme, Claudine Mveing, qui est l'aide incontestable de ma vie.

Je dédie également ce livre à toutes les personnes qui ont la curiosité d'explorer leur nature spirituelle, notamment avec l'aide du Saint-Esprit.

Souvenez-vous de ceci :
Le monde dans lequel nous vivons est imprégné de spiritualité.
Quelle que soit la version qu'on vous présente, ça reste une vérité incontestable.
Il ne faut pas oublier qu'il y a une autre dimension, au-delà de celle où nous vivons physiquement. Une dimension spirituelle, un endroit où tout se passe, où tout est créé avant que cela soit visible pour les êtres humains.
Seule la connaissance de la vérité vous rendra libres.
Ceux qui maîtrisent cette vérité règnent sur le monde.
Ne pas admettre une affirmation ne signifie pas qu'elle soit fausse.
Vous avez dès à présent le choix ; le pouvoir de décision vous appartient désormais.

Joël Mveing

Introduction

En 2011, lorsque j'ai donné ma vie à Jésus-Christ, en tant que nouveau disciple, je suis tombé sur un enseignement de l'apôtre Jean sur la façon dont les êtres humains doivent adorer Dieu dans un esprit de vérité : *« Dieu est Esprit, et il faut que ceux qui l'adorent, l'adorent en esprit et en vérité »* [Jean 4 : 24]. En tant que néophyte spirituel, je n'ai pas immédiatement compris la signification de cette affirmation.

Par conséquent, j'ai éprouvé le besoin de découvrir comment un être humain peut vénérer Dieu dans son esprit. Ma soif insatiable de vérité m'a incité à explorer des moyens d'adorer Dieu non seulement en esprit, mais aussi en vérité. En effet, déifier Dieu nécessite d'avoir un esprit disposé, grâce auquel nous pouvons entrer en contact avec Lui de manière plus profonde et authentique.

En 2014, j'ai vécu une expérience spirituelle profonde lorsque le Seigneur Jésus-Christ m'a confié un manuscrit ainsi qu'un stylo dans une vision, tout en me disant : *« Tu vas écrire avec moi »*. À cet instant, je dois admettre ne pas avoir saisi toute la profondeur de ce message. Cependant, au fil des années, il est devenu manifeste que ma vision se réalisait progressivement. Grâce à cela, j'ai pu transmettre divers messages, y compris celui abordant le rôle du chrétien dans la société actuelle.

Le livre ***L'homme spirituel_Pneumatikos*** est le fruit d'une quête spirituelle entamée il y a huit ans. Cette démarche a exigé beaucoup de recherches, de prières et de méditations guidées par l'Esprit de

Introduction

Dieu. Elle m'a permis d'approfondir ma connaissance de l'être spirituel et de partager avec vous la révélation qui m'a procuré tant de joie.

Lorsqu'il priait pour les Thessaloniciens, l'apôtre Paul soulignait que chaque personne possède un esprit, une âme et un corps [1 Thessaloniciens 5 : 23]. Il ne concevait pas simplement l'être humain comme une entité uniquement spirituelle, mais dans sa totalité, incluant son âme et son corps. De ce fait, il exhortait tous les croyants à garder leur être tout entier sans reproche afin d'être prêts à recevoir le Seigneur Jésus-Christ lorsqu'il reviendra.

Dans son épître aux Romains, il établit un lien direct entre la nature de l'homme spirituel et sa relation avec le Saint-Esprit, plutôt qu'avec son corps charnel.

Pour vous, ***vous ne vivez plus selon la chair****, mais* ***selon l'esprit****, si du moins l'Esprit de Dieu habite en vous. Si quelqu'un n'a pas l'Esprit de Christ, il ne lui appartient pas.*

— Romain 8 : 9

Dans **L'homme spirituel_Pneumatikos**, vous allez découvrir comment élever votre vie au-delà de la chair, vivant désormais sous la direction de l'Esprit de Christ. Dans ce contexte, il est crucial de noter que, lorsqu'on mentionne « l'esprit », on fait référence à l'esprit humain. Par la suite, il précise que cette transformation est possible grâce à une condition essentielle : « *si, du moins, l'Esprit de Dieu habite en vous* ». En d'autres termes, l'homme spirituel possède la faculté d'accueillir l'Esprit de Christ, transcendant ainsi ses limites humaines pour incarner la dimension divine de Christ sur terre.

Toutefois, il faut souligner que l'homme naturel ne peut pas

Pneumatikos_l'homme spirituel

comprendre les choses de Dieu. Les hommes spirituels sont donc souvent incompris dans notre époque et notre génération, car ils utilisent un langage empreint de spiritualité.

Dans ce livre, je vous partage l'enseignement que l'Esprit de Dieu m'a révélé durant ma quête sur l'homme spirituel. J'ai réalisé que je n'avais plus besoin d'être asservi par mes désirs charnels.

Le croyant en communion avec Dieu possède la faculté de transformer et de surmonter les circonstances de son environnement. Ce principe peut être saisi grâce à la compréhension et la mise en pratique de la vérité. Il a contribué à forger mon identité actuelle, renforçant ma certitude que quiconque cherche finira par trouver [Matthieu 7 : 8]. Par conséquent, je vous encourage à poursuivre votre quête de cette même vérité, qui n'est autre que rechercher Jésus-Christ, car Il ne manquera pas de vous guider vers le Père.

Dans *L'homme spirituel_Pneumatikos,* il faut souligner que le concept d'homme spirituel ne coïncide pas avec l'image commune qu'on a de lui : celui de faire du mal aux autres. Il s'agit plutôt de celui qui est rempli et guidé par l'Esprit de Christ. Par conséquent, il convient donc de lire cet ouvrage avec un esprit critique, tout en ayant à cœur de rechercher la révélation que le Saint-Esprit saura vous accorder.

Bienvenue dans les pages de *L'homme spirituel_Pneumatikos.* Bonne lecture ! Que le Dieu de la révélation ouvre votre entendement !

Introduction

Chapitre 1

Le concept de la totalité

Il est vrai que le terme *« Trinité »* ne se trouve pas explicitement dans les textes bibliques. Cependant, ignorer sa présence théologique serait une erreur. La trinité est bel et bien représentée dans la Bible, où elle est composée du Père, du Fils et du Saint-Esprit, tous égaux sur le plan naturel, possédant chacune leur propre rôle au sein de la divine hiérarchie. À cet effet, le Saint-Esprit est par exemple soumis au Fils, tandis que celui-ci l'est au Père. De plus, la Bible nous révèle que Dieu est « Trois fois Saint », renforçant ainsi l'idée de la Trinité. Ainsi, il apparaît clairement que le concept de la totalité est imprégné non seulement dans la Bible, mais aussi dans notre environnement.

Selon la Genèse, Dieu créa l'être humain à son image : *« Faisons l'homme à notre image et selon sa ressemblance »*. L'être humain est donc composé de plusieurs entités distinctes telles que l'esprit, l'âme et le corps. Malgré leurs différences, ces éléments s'unissent pour former un tout harmonieux, ou chaque partie apporte sa contribution bien spécifique. Ce trio réapparaît souvent dans divers domaines : en génétique, les codons sont constitués de groupes de trois bases nucléiques. En ce qui concerne le temps, on distingue les trois dimensions fondamentales [le passé, le présent et le futur]. En géologie, il y a les trois couches principales de la terre [la croûte

Le concept de la totalité

terrestre, le manteau et le noyau]. Enfin, la vie humaine peut être divisée en trois phases majeures [la naissance, la vie et la mort]. Une journée typique comprend-elle aussi trois instants clés : matin, midi et le soir.

Il convient ici de mentionner le récit biblique de la transfiguration sur la montagne, où sont aperçus ensemble trois personnages clés : Jésus, Élie et Moïse. Pourquoi le chiffre 3 revêt-il une importance particulière dans notre quotidien ? Ce chiffre est omniprésent chez les humains, que ce soit en mathématiques, en économie ou dans bien d'autres disciplines. Cependant, il ne faut pas perdre de vue que la Trinité est d'origine divine ; elle symbolise un concept de totalité. De même, l'humain reste un insondable mystère, tout comme Dieu Lui-même, comme il est écrit : *« Faisons l'homme à notre image »*.

Les scientifiques ont énoncé plusieurs définitions pour saisir la nature profonde de l'être humain. Grâce à la médecine, il est maintenant possible de soigner un grand nombre de maladies. Par ailleurs, les psychologues s'efforcent de décrypter l'homme en explorant divers aspects, tels que son monde intérieur. Ils ont même avancé une hypothèse selon laquelle l'homme serait constitué de deux entités distinctes : d'une part, une dimension immatérielle ou psychique [l'âme], et d'autre part, une dimension matérielle, incarnée par le corps humain. Cette définition n'est certainement pas dénuée de substance.

Depuis des années, les médecins et certaines entreprises pharmaceutiques s'efforcent de combattre le processus du vieillissement, voire la mort. Grâce aux progrès scientifiques, de nombreux essaies ont été réalisés. Cependant, il reste encore beaucoup à faire dans la recherche sur les menaces qui pèsent sur

Pneumatikos_l'homme spirituel

l'humanité. En outre, certains philosophes croient que l'être humain possède une faculté unique [la raison]. Cette affirmation contient une part du concept, mais il y a là une limite visible en ce qui concerne la connaissance humaine.

Cette définition représente toutefois une vision partielle de l'être humain. Pour en obtenir une plus aboutie et plus complète, il faut se tourner vers celui qui l'a créé. Si nous croyons que l'être humain est l'œuvre d'un Créateur, le Tout-Puissant, qui a créé le ciel et la terre, alors ce passage de la Bible est très significatif pour la compréhension : *« Faisons l'homme à notre image et à notre ressemblance »*. Cette phrase montre que Dieu connaît l'être humain dans ses moindres détails, et qu'il a une connaissance parfaite de lui.

L'être humain a été façonné à l'image et à la ressemblance de Dieu, ce qui implique qu'il possède une nature semblable à celle de Dieu, tant au niveau de ses traits que de ses attributs. Selon le dictionnaire français Larousse, la notion de ressemblance renvoie à un lien entre deux individus partageant des traits physiques ou mentaux communs, ou encore à une similarité globale entre des œuvres d'art.

Dans sa lettre aux Thessaloniciens, l'apôtre Paul développe cette idée en détaillant la constitution de l'homme.

Que le Dieu de paix vous sanctifie lui-même tout entier, et que tout votre être, ***l'esprit, l'âme*** *et* ***le corps****, soit conservé irrépréhensible, lors de l'avènement de notre Seigneur Jésus Christ !*

— 1 Thessaloniciens 5 : 23

En effet, vous pourrez constater que le verbe « conserver » est

Le concept de la totalité

utilisé au singulier afin de témoigner que ces trois entités forment un seul être. Bien que l'esprit diffère de l'âme, et que cette dernière soit distincte du corps, il est insensé de ne pas tenir compte de l'âme et du corps lorsqu'on évoque l'esprit.

De manière similaire aux composantes citées par Paul dans son épître aux Thessaloniciens, il évoque également les trois états de l'homme :

- **L'homme animal** : Dans sa lettre aux Corinthiens, Paul évoque l'un des états de l'homme, qu'il désigne sous le terme de « *psuchikos* », un mot grec signifiant « animal » ou « instinctif ». Il s'agit de la dimension animale de l'être humain, qui est enclin à suivre ses pulsions et passions. Cet homme instinctif, cet être qui n'a pas accepté Jésus comme son Seigneur et Sauveur, reste soumis à la nature d'Adam, où ses désirs et ses émotions primaires dirigent sa vie.

    *Mais **l'homme animal** [psuchikos] ne reçoit pas les choses de l'Esprit de Dieu, elles sont une folie pour lui, et il ne peut les connaître, par ce que c'est spirituellement qu'on en juge.*

    — 1 Corinthiens 2 : 14

- **L'homme spirituel** : Dans sa lettre aux Corinthiens, Paul évoque une seconde nature, celle de l'homme spirituel, également connu sous le nom de « *pneumatikos* » en grec. Cette nature caractérise l'être humain qui appartient à l'esprit divin, celui qui est rempli et gouverné par l'Esprit de Dieu.

    ***L'homme spirituel** [Pneumatikos], au contraire, juge de tout, et il n'est lui-même jugé par personne.*

Pneumatikos_l'homme spirituel

— 1 Corinthiens 2 : 15

- **L'homme charnel** : selon l'épître de Paul aux Corinthiens, il existe un troisième état de l'homme, que les Grecs appellent *« sarkikos »*, l'homme charnel. Cet état caractérise l'être humain qui a connu Dieu, mais qui se laisse guider par ses désirs et ses pulsions personnelles, autrement dit, par sa chair.

*Pour moi frères, ce n'est pas comme à des hommes spirituels que j'ai pu vous parler, mais comme à des **hommes charnels** [sarkikos], comme à des enfants en Christ.*

— 1 Corinthiens 3 : 1

Ce chapitre vise à explorer la nature de l'esprit, de l'âme et du corps. Il porte une attention particulière sur l'homme spirituel, le *« pneumatikos »*.

Il faut souligner que certains ont considéré l'esprit comme une autre appellation de l'âme, ce qui n'est pourtant pas le cas. C'est ainsi que la Bible fait clairement la distinction entre ces deux concepts. L'apôtre Paul, par exemple, nous éclaire sur ce point en affirmant que l'âme et l'esprit sont bel et bien séparés.

*Car la parole de Dieu est vivante et efficace, plus tranchante qu'une épée quelconque à deux tranchants, pénétrante jusqu'à partager **âme et esprit**, jointures et moelles ; elle juge les sentiments et les pensées du cœur.*

— Hébreux 4 : 12

Le concept de la totalité

Chapitre 2

Pneuma_l'esprit

En réalité en l'homme c'est l'esprit

L'approche générale du concept de l'esprit

L'esprit selon les religions

Dans la religion bouddhiste, on ne croit pas en l'existence de l'âme. Par conséquent, l'esprit est perçu comme un sixième sens, qui s'ajoute aux sens physiques [la vue, l'ouïe, le toucher, le goût et l'odorat]. Les bouddhistes ne considèrent cependant pas l'esprit comme une entité éternelle.

Les kabbalistes, en revanche, ne font pas référence à l'esprit humain, car ils croient que chaque être humain possède plusieurs âmes.

Les personnes qui s'identifient comme athées nient la croyance en une divinité religieuse. Il semble logique de déduire qu'elles rejettent également l'idée de l'existence d'un prétendu esprit, puisque Dieu est décrit comme un esprit et que nous sommes créés à son image.

Pneuma_l'esprit

L'esprit selon les philosophies

Au cours du XVIIe siècle, René Descartes a établi une distinction entre l'esprit et le corps en s'appuyant sur sa théorie du dualisme. Il a donc dissocié l'esprit en trois composantes : l'imagination, la pensée et la mémoire. À son époque, il cherchait à comprendre les mécanismes sous-jacents qui unissent ces deux entités. Ses disciples en sont arrivés à la conclusion que c'était Dieu lui-même qui assurait ce lien.

La métaphore du cerveau-ordinateur considère l'humain comme étant composé de hardware [matériel] et de software [logiciels]. La théorie du spiritisme, quant à elle, soutient que l'esprit est tout simplement l'âme des êtres ayant résidé sur Terre ou dans d'autres sphères, et ayant quitté leur enveloppe corporelle.

En psychologie, le mot « esprit » renvoie au processus mental et à la capacité de penser propres à l'être humain. Les anglicistes emploient plutôt le mot [mind]. D'après la science, l'esprit humain est composé de la perception, de la motivation, de la décision et des émotions.

Approche biblique du concept de l'esprit

En effet, les Saintes Écritures abordent le concept de l'esprit avec un regard divin. Seul Dieu, peut nous éclairer sur la véritable essence de l'esprit, car il est lui-même Esprit. Car, en réalité, pour s'approcher de Dieu, il faut le faire en esprit et en vérité. Le mot « esprit » provient du latin *« spiritus »*, qui est lui-même dérivé de *« spirare »* signifiant [*« souffle »* ou *« vent »*]. On retrouve également cette même racine linguistique dans le grec *« pneuma »* qui veut dire *« petit coup de*

Pneumatikos_l'homme spirituel

vent » et en hébreu, où elle est représentée par le terme *« ruach »*.

Cette description de l'esprit en tant que souffle ou vent est en parfait accord avec la vision biblique de l'esprit. Le Livre de Job nous enseigne sur la nature de l'esprit, en le décrivant comme le souffle de Dieu qui donne l'intelligence.

*Mais en réalité, dans l'homme, c'est l'esprit, **le souffle** du tout puissant, qui donne l'intelligence.*

— Job 32 : 8

Le récit du Livre de Job décrit avec une grande précision la nature de l'esprit humain. On y lit que l'esprit de l'homme est le souffle de Dieu qui se trouve en chacun de nous. C'est donc grâce à ce souffle que nous sommes capables de respirer. C'est par ce souffle divin, cette essence qui anime notre corps, que j'ai pu mettre ces mots sur papier et que vous avez la possibilité de les lire maintenant. Ce souffle est à l'origine de toute forme de vie, de chaque action et de chaque pensée, et de notre faculté créative. Il est crucial de souligner que, lorsque ce souffle s'éteint, c'est alors que le décès survient.

Gardez à l'esprit que, lors du processus de création, Dieu a insufflé une respiration de vie dans les narines de l'homme, lui conférant ainsi une nature divine.

*L'éternel Dieu forma l'homme de la poussière de la terre, il souffla dans ses narines un **souffle de vie** et l'homme devint un être vivant.*

— Genèse 2 : 7

En effet, selon la perspective biblique, l'esprit vient de Dieu. Après le décès de l'homme, cet esprit retourne vers Lui. Cette vérité est indéniable, que l'on y croie ou non. Par exemple, dans le livre d'Ecclésiaste, il est dit ceci :

*Avant que la poussière retourne à la terre, comme elle y était, et que **l'esprit retourne à Dieu** qui l'a donné.*

— Ecclésiaste 12 : 9

Quelle que soit son origine, l'être humain sans égard pour sa race, sa religion, sa langue, sa coutume, son appartenance politique, sa foi, son statut économique ou social, est animé du souffle divin du Tout-Puissant, comme l'a parfaitement reconnu l'ancêtre Job dans ses récits. Les textes bibliques établissent régulièrement un parallèle avec le souffle.

*... Même si l'homme est bien vivant, il n'est qu'un **souffle**.*

— Psaumes 39 : 6 [Version Parole De Vie 2017]

Je suis convaincu que cette approche persuasive constituerait une preuve suffisante pour toute personne qui s'interroge toujours sur l'origine de l'esprit. Toutefois, c'est l'Esprit qui vous convaincra de la culpabilité, de la justice et du jugement. La Parole de Dieu est vraie, et Dieu n'est pas un homme pour mentir ou le fils de l'homme pour changer d'avis. Une analyse rigoureuse basée sur la Parole de Dieu nous amène à conclure que l'esprit n'est ni un sixième sens, ni un processus mental, ni une faculté de pensée, ni même une force. Au contraire, nous sommes convaincus par la foi en notre Seigneur Jésus-Christ que l'esprit est le souffle de Dieu en nous.

Quelques types d'esprits

Les esprits dans l'histoire de l'humanité

Les Grecs : Hésiode, dans sa théogonie, décrit cinq catégories d'êtres spirituels qu'il nomme « esprits ». Les démons supérieurs ou encore les dieux [la race d'or], les démons inférieurs [la race d'argent], les morts de l'Hadès [la race de bronze], les héros sans promotion posthume et les hommes du passé [la race de fer]. Pythagore, quant à lui, identifie quatre types d'entités spirituelles : les dieux, les héros, les démons et les hommes. Ces observations permettent de mettre en évidence les divergences de point de vue entre ces deux penseurs. Explorons plus en profondeur d'autres perceptions dans l'histoire de l'humanité.

Les Romains : ils ont une vision plus variée. Ce panorama se compose de six entités : les dieux, les déesses, les mânes [âmes des morts], les lares [esprits qui protègent les maisons], les génies [esprits qui président à la destinée d'un lieu, d'un groupe ou d'un individu] et les lémures [sombres apparitions des morts].

En Afrique noire : le terme « esprit » désigne une collection d'entités immatérielles qui possèdent certains traits humains. On peut distinguer plusieurs groupes de ces entités : les esprits des morts, les esprits de la nature ou des brousses, les esprits des animaux et les esprits auxiliaires [qui se trouvent dans les objets tels que les calebasses, les tambours, etc.].

Bien sûr, cette énumération n'est certainement pas complète, mais met en évidence la nécessité pour le monde d'avoir Jésus Christ dans leur vie. Continuons notre exploration de la nature profonde de

Pneuma_l'esprit

l'esprit. Selon les Saintes Écritures et la théologie, les esprits sont divisés en différentes classes.

Dieu, le créateur du ciel et de la terre

*Dieu est **Esprit**, et il faut que ceux qui l'adorent, l'adorent en esprit et en vérité.*

— Jean 4 : 24

Dans la Bible, Dieu est décrit comme étant l'Esprit par excellence. Il s'agit d'un être imperceptible même aux yeux les plus aiguisés, y compris ceux équipés des instruments les plus avancés capables d'observer les particules subatomiques. En effet, selon Exode 33 : 20, nul ne peut voir Dieu et vivre. C'est lui qui a façonné le firmament, la terre, ainsi que l'espèce humaine. Par conséquent, si nous souhaitons établir une connexion avec Lui, il est impératif de le faire en esprit. Tout comme on ne peut établir une connexion avec un locuteur chinois sans maîtriser le mandarin, il est nécessaire d'approcher Dieu en esprit pour entrer en communication avec lui.

Le Saint-Esprit

*Avez-vous reçu le **Saint-Esprit**, quand vous avez cru ? Ils lui répondirent : nous n'avons pas même entendu dire qu'il y ait un Saint-Esprit.*

— Actes 19 : 2

Le Saint-Esprit, aussi connu sous le nom de l'Esprit de l'Éternel, réside en tout enfant de Dieu ayant accepté Christ comme Seigneur et Sauveur. Ce nom évoque l'omnipotence, l'omniscience et l'omniprésence de l'Esprit, qui possède la nature d'une personne. Bien que cruciale, cette question ne sera pas abordée en profondeur dans ce chapitre.

L'esprit de l'homme

On a probablement tous déjà entendu cette phrase : « L'homme possède un esprit ». Effectivement, c'est grâce à lui que l'homme peut exister et respirer. Cet esprit, c'est le souffle de Dieu qui anime l'homme.

C'est pourquoi Marie pouvait dire : « *Et mon **esprit** se réjouit en Dieu, mon Sauveur* » [Luc 1 : 47].

De même, l'esprit de Jésus fut rendu à son propriétaire : « *Jésus poussa de nouveau un grand cri, et rendit **l'esprit*** » [Mathieu 27 : 50].

Les anges

> *Et auquel des anges n'a-t-il jamais dit : assieds-toi à ma droite, jusqu'à ce que je fasse de tes ennemis ton marchepied ? Ne sont-ils pas tous des **esprits** au service de Dieu, envoyés pour exercer un ministère en faveur de ceux qui doivent hériter du salut ?*
>
> — Hébreux 1 : 13-14

Les anges sont des esprits au service de Dieu, soumis à ses ordres. Ils sont envoyés à ceux qui vont hériter du salut, et ont pour mission de protéger ceux qui doivent hériter le trône avec Christ contre les dangers tels que les incidents imprévus, les actes hostiles, les vols, etc.

Pneuma_l'esprit

Je me souviens qu'en 2015, avant de rentrer à la maison, mes sœurs et moi avons discuté de l'obscurité et des dangers nocturnes qui régnaient dans notre quartier. Nous ignorions alors que Dieu écoutait nos appréhensions. Sur le chemin du retour, un ange est apparu au cœur même de l'obscurité où des individus semblaient rôder. Après avoir fait le chemin avec nous, il s'avança rapidement pour nous devancer et il disparut mystérieusement. Les anges sont connus pour transmettre des messages, tout comme ils l'ont fait avec Marie, Joseph, Jacob, Abraham, Marie de Magdala et Paul.

Les mauvais esprits

Dans certains cas, ils sont également appelés des « démons » ou des « esprits impurs ».

*Ceux qui étaient tourmentés par **des esprits impurs** étaient guéris.*

— Luc 6 : 18

*Le soir, on amena auprès de Jésus **plusieurs démoniaques**. Il chassa **les esprits** par sa parole, et il guérit tous les malades.*

— Mathieu 8 : 16

Les composants de l'esprit

Dans ce chapitre, nous porterons exclusivement notre attention sur l'esprit que Dieu a insufflé en l'homme.

Après une profonde immersion dans les Saintes Écritures, j'ai été béni par Dieu de comprendre l'esprit humain comme étant composé de trois aspects clés : la conscience, la communion et l'intuition. Bien que l'esprit ne soit pas limité à ces trois composants, leur importance et leur omniprésence justifient qu'on s'y attarde pendant notre exploration. Si vous vous plongez dans la parole de Dieu, Il pourrait bien vous révéler des vérités plus profondes au-delà de ce qui y est écrit. Puisse le Seigneur éclairer votre esprit pour que vous saisissiez toute la magnificence de la création divine que vous êtes.

Le siège de la conscience

Tous les êtres humains, quelles que soient leurs croyances religieuses ou leur situation géographique, possèdent une faculté commune : la conscience. Les criminels, les riches, les pauvres, les partisans d'idéologies, les scientifiques, les bouddhistes, les musulmans, les juifs, les athées, les chrétiens, les païens et les dirigeants politiques ont tous une conscience. Elle peut être flétrie, souillée, ternie, corrompue, impure ou simplement normale.

Le terme « conscience » dérive du grec « *suneidesis* », qui se traduit par « discernement » ou « perception » de ce qui est normalement bon ou mauvais, prompt au mal et fuyant le bien. C'est également un moyen de comprendre et d'évaluer les situations.

En psychanalyse, Sigmund Freud considère la conscience comme une sorte d'iceberg entièrement immergé et sous le pouvoir de l'inconscient. Autrement dit, elle représente la partie de l'homme qui discerne les dangers et les obstacles afin de préserver l'intégrité physique. Elle joue le rôle de guide, de sentinelle, ou encore de tour de contrôle, veillant sur nos actions. Elle constitue la vigie de l'être humain, scrutant les dangers et les obstacles pour éviter toute autodestruction.

Pneuma_l'esprit

Même avec un sens d'orientation très aiguisé, lorsqu'un touriste se rend dans le désert, il a besoin d'un guide expérimenté. L'industrie technologique a donc développé un système de localisation appelé GPS [Global Positioning System]. Si vous devez vous rendre dans une autre ville ou à une adresse précise, vous pouvez utiliser votre GPS, qui devient alors votre guide.

Il est important de souligner que la conscience ne se substitue pas au Saint-Esprit dans sa fonction de conducteur. Elle travaille en collaboration avec celui-ci. Le Saint-Esprit guide la conscience en lui apportant la lumière, tandis que celle-ci à son tour guide l'homme dans ses choix et le maintien dans le droit chemin.

La conscience, cette entité spirituelle, prend racine dans l'esprit de l'homme. Elle est semblable à la Table de la Loi remise à Moïse, qui renfermait les prescriptions divines. De la même manière que Dieu grave ses commandements et ses pensées dans la conscience de l'homme, le monde et son environnement peuvent également y inscrire leurs propres lois et principes.

La conscience de l'être humain fonctionne comme un juge, à la fois indulgent et condamnateur, envers ses actions et son comportement. Elle constitue le champ de la réflexion et de la méditation. Il est impossible d'en parler sans évoquer l'intuition et la communion.

Avant que l'intelligence humaine ne soit entièrement renouvelée, de nombreuses informations se sont gravées dans sa conscience dès son enfance : le mensonge, la blessure, le rejet, la corruption, le vol, l'escroquerie, la duplicité, la débauche et même la prostitution. Votre conscience a été façonnée par les expériences vécues au sein de la société qui vous a vu grandir. C'est la raison pour laquelle les valeurs, les croyances et les comportements adoptés en réponse aux défis de l'existence sont maintenant solidement enracinés en vous.

Ces marques gravées dans la conscience de l'homme régissent fondamentalement sa vie, influençant ses pensées et ses actions. Il serait donc inapproprié de porter des accusations face aux choix qu'effectuent certains individus dans nos communautés. Au contraire, il faudrait prier pour que Dieu leur accorde sa miséricorde et que le sang de Jésus plaide en leur faveur.

La solution consiste à effacer ces « lois » trompeuses gravées dans notre esprit, ce qui permettra un renouveau par des lois en mesure de prodiguer la vie : les lois de la parole divine. En conséquence, alimenter la conscience avec la parole de Dieu favorise à l'assainir. Il reste donc essentiel d'accepter Jésus-Christ comme Seigneur et Sauveur, car c'est ainsi que se déclenchera le processus de la transformation de l'intelligence, jusque dans la conscience.

Conscience pure

Posséder une conscience irréprochable, c'est avoir un esprit sans aucune trace de culpabilité. Être parfaitement pur, c'est incarner l'innocence. Explorons la notion de conscience pure selon la Bible.

1ᵉʳ point : Sans reproches devant Dieu

> *Qui pourra monter à la montagne de l'Éternel ? Qui s'élèvera jusqu'à son lieu saint ? Celui qui a les mains innocentes et **le cœur pur** ; celui qui ne livre pas son âme au mensonge, et qui ne jure pas pour tromper.*
>
> — Psaumes 24 : 3-4

Pneuma_l'esprit

La question fondamentale est celle de savoir si les êtres humains peuvent vraiment être exempts de toute faute. Pour obtenir une réponse plus détaillée, vous pouvez vous reporter au sujet *« Le sang de Jésus et la conscience »*. En résumé, les êtres humains sont incapables, par leurs propres moyens, d'être irréprochables aux yeux de Dieu. Mais qu'est-ce que cela signifie exactement ? Pensez-vous être exempt de toute faute aux yeux de Dieu ? Ce qui compte le plus pour lui, ce n'est pas tant votre pureté que l'état de votre cœur. Bien que vous puissiez désirer devenir saints, c'est lui qui vous accorde cette grâce. Il vous incombe donc de toujours aspirer à la perfection morale, sans tomber dans le piège de la culpabilité.

> *Une conscience pure exige également un cœur pur, sans jugement intérieur.*

2ᵉ point : Sans reproches devant les hommes

*C'est pourquoi je m'efforce d'avoir constamment une conscience **sans reproche devant Dieu** et **devant les hommes**.*

— Actes 24 : 16

*Mais faites-le avec douceur et respect, avec une **conscience pure**. Alors, quand des gens vous accusent faussement sur un point, quand ils vous insultent par ce que vous vous conduisez en chrétiens, ils seront couverts de honte.*

— 1 Pierre 3 : 16 [Version Parole De Vie 2017]

Comprendre l'expression *« sans reproches devant les hommes »* est crucial. Bien que vous puissiez être irréprochable devant Dieu, les hommes ont tendance à chercher des failles. Par conséquent, saisir la portée de cette parole est très important. Être irréprochable devant les hommes revient principalement à être juste, non seulement selon les lois établies par les hommes, mais surtout selon celles édictées par Dieu.

> *Avoir une conscience pure et être sans reproche signifie être en harmonie avec sa conscience, intègre, droite et honnête, tout en vivant selon les valeurs humaines et divines.*

Le sang de Jésus Christ et la conscience.

De quelle manière une conscience est-elle purifiée ?

Pour saisir l'interaction entre le sang de Jésus et la conscience, il est essentiel de connaître les caractéristiques du sang.

Le sang et ses caractéristiques

Le sang est composé de plasma, une solution salée contenant principalement de l'eau, des sels minéraux et des protéines ainsi que des globules rouges, des globules blancs et des plaquettes suspendues dans ce liquide. Dans l'organisme, le sang remplit diverses fonctions, telles que l'approvisionnement en oxygène et en nutriments des tissus, et l'élimination des déchets et du dioxyde de carbone. De plus, il joue un rôle crucial dans la défense immunitaire, en protégeant le corps des infections et autres agressions. Enfin, il contribue à la régulation de la température corporelle et de la pression artérielle :

1er rôle : Transporteur

Les globules rouges sont responsables du transport des éléments vitaux dans notre organisme. Ils véhiculent l'oxygène nécessaire à la respiration, ainsi que des nutriments tels que les glucides, les vitamines et les sels minéraux qui fournissent de l'énergie à notre corps.

2ᵉ rôle : Défenseur

Les globules blancs jouent un rôle crucial dans la défense immunitaire. Ils sont responsables de la protection du corps contre les attaques de virus et de bactéries qui peuvent causer des maladies, voire la mort. Ces cellules sanguines assurent ainsi la protection de l'organisme contre les agressions extérieures, contribuant ainsi à préserver notre bien-être et notre survie.

3ᵉ rôle : Réparateur

Les plaquettes sont capitales pour favoriser la cicatrisation des blessures et des ecchymoses. En effet, elles contribuent activement à la coagulation du sang, essentielle à la cicatrisation des plaies et à la réduction des saignements.

Impact du sang sur la conscience

En outre, il faut savoir que le sang de Jésus remplit trois fonctions majeures dans la conscience :

- En redonnant d'abord la vie à la conscience morte, il apporte la grâce et le pardon divins et réconcilie l'homme avec Dieu. Il joue donc là le rôle de transporteur de vie.

- Ensuite, le sang de Jésus défend la conscience contre les attaques extérieures, qu'elles soient verbales ou mentales. Il joue de ce fait, le rôle de défenseur.

- Enfin, le sang de Jésus possède la capacité de réparer la conscience endommagée par diverses formes d'oppressions. Il peut donc nous soulager de nos lésions émotionnelles, de nos traumatismes et de nos souffrances psychologiques ; et nous conduire vers la paix et la liberté intérieures. Cette dernière fonction est subséquemment réparatrice.

En parcourant la Bible, on constate une relation étroite entre la conscience et le sang. L'action du sang de Jésus dans la conscience nous prépare à servir Dieu, nous purifiant ainsi de nos péchés et nous ouvrant les portes de la vie éternelle. Ce nettoyage constitue une étape essentielle dans notre cheminement spirituel. Grâce à cette compréhension, nous sommes en mesure de vivre en conformité avec les enseignements bibliques et d'exercer pleinement notre foi.

*Car si le sang des taureaux et des boucs, et la cendre d'une vache, répandue sur ceux qui sont souillés, sanctifient et procurent la pureté de la chair, combien plus le sang de Christ, qui, par un esprit éternel, s'est offert lui-même sans tache à Dieu, **purifiera-t-il votre conscience des œuvres mortes**, afin que vous serviez le Dieu vivant !*

— Hébreux 9 : 13-14

Il se peut que vous ayez commis des actes abominables dans le passé, mais il est important de se souvenir que Jésus-Christ est venu pour nous. Toutes choses sont désormais nouvelles. C'est pourquoi la Bible enseigne ceci :

*Si quelqu'un est en Christ, il est une nouvelle créature. Les choses anciennes sont passées ; voici, **toutes choses** sont devenues **nouvelles.***

— 2 Corinthiens 5 : 17

Une fois que la conscience est purifiée par le sang de Jésus, nous sommes délivrés de toute culpabilité et devenons des adorateurs authentiques que Dieu recherche. Ce livre contient les clés

Pneuma_l'esprit

nécessaires pour y parvenir. Continuez votre lecture pour découvrir ces précieuses clés qui vous aideront à aligner votre existence sur la volonté de Dieu qui vous est destinée.

Sachant que ce n'est pas par des choses périssables, par de l'argent ou de l'or, que vous avez été rachetés de la vaine manière de vivre que vous avez héritée de vos pères, mais par **le sang précieux de Christ**, *comme d'un agneau sans défaut et sans tache.*

— 1 Pierre1 : 18-19

Autrefois, vous suiviez peut-être un mode de vie qui vous a été inculqué par vos parents, votre école, votre travail, ou encore votre environnement. Bien que cette manière de vivre ne soit pas nécessairement pécheresse, elle ne suffit pas à purifier votre conscience des œuvres mortes. Par conséquent, cherchez une autre direction : celle de la grâce de Dieu.

Ces habitudes sont comme gravées dans votre conscience, et elles influencent vos actions au quotidien. Pourtant, il est possible de s'en défaire et de briser ainsi les chaînes qui vous ont lié aux normes et aux conventions sociales — notamment à la peur d'être rejeté par autrui. Les transgressions commises en vertu de la Nouvelle Alliance doivent être effacées ; cela demande du temps, puisque le cerveau a développé des connexions neuronales durant toutes ces années. Néanmoins, grâce à la pratique et à la persévérance, on peut changer ses schémas mentaux et aligner ses comportements sur les préceptes bibliques.

Il est essentiel de saisir que l'aspersion du sang de Jésus sur la conscience a un effet profond et durable sur son renouvellement, voire permanent. Ce sang a le pouvoir de réveiller la conscience endormie et de la remettre en état. Le livre des Hébreux souligne que

Pneumatikos_l'homme spirituel

le sang de Jésus est plus efficace que le sang d'un humain et possède une voie capable de réclamer.

*De Jésus qui est le médiateur de la nouvelle alliance, et du **sang de l'aspersion** qui **parle** mieux que celui d'Abel.*

— Hébreux 12 : 24

En vérité, en purifiant votre conscience des œuvres mortes, le sang de Jésus vous offre un libre accès au trône de la grâce. Cela signifie que vous pouvez désormais communiquer directement avec Dieu, par l'intermédiaire du Saint-Esprit, et recevoir des réponses à vos prières. Plus besoin de suivre des procédures formelles ou d'accomplir des cérémonies complexes pour accéder au saint des saints ; la voie est maintenant grande ouverte.

Autrefois, sous l'Ancien Testament, seul le grand prêtre était autorisé à pénétrer dans le lieu saint une fois par an pour présenter le sacrifice, après avoir accompli un rite purificatoire. Désormais, grâce au sacrifice ultime de Jésus-Christ, cette obligation rituelle ne s'applique plus, puisque votre conscience a été purifiée.

*Mais Christ est venu comme **souverain sacrificateur** des biens à venir ; il a traversé le tabernacle plus grand et plus parfait, qui n'est pas construit de main d'homme, c'est-à-dire, qui n'est pas de cette création ; et il est entré **une fois pour toutes** dans le lieu très saint, non avec le sang des boucs et des veaux, mais avec son **propre sang**, ayant obtenu une rédemption éternelle.*

— Hébreux 9 : 11-12

C'est pourquoi je vous invite à prier, à chanter des louanges, à adorer et à exprimer votre confiance sans aucune culpabilité. Cela est possible grâce au sang rédempteur de Jésus-Christ. De plus, maintenant que votre conscience est nettoyée, il sera facile pour vous d'obéir aux directives du Saint-Esprit. Cela vous permettra de goûter à une relation intime avec Dieu, qui vous comblera de vie, de bonheur, de sérénité, mais surtout d'un amour inconditionnel.

Si vous avez envie de déguster une tranche de ce délicieux gâteau divin, sachez que Jésus vous tend les bras. Il est venu pour ceux qui ont besoin de lui. Son pardon et son affection sont accessibles à quiconque ose les accepter.

La bonne conscience

Pourquoi avons-nous abordé la notion de pureté de la conscience avant d'évoquer la bonne conscience ? Tout simplement parce que l'obtention d'une telle conscience exige au préalable qu'elle soit purifiée. En effet, purifier sa conscience est indispensable pour développer une conscience saine.

*Paul, les regards fixés sur le sanhédrin, dit : Hommes frères, c'est en toute **bonne conscience** que je me suis conduit jusqu'à ce jour devant Dieu.*

— Actes 23 : 1

*Le but du commandement, c'est une charité venant d'un cœur pur, d'une **bonne conscience**, et d'une foi sincère.*

— 1 Timothée 1 : 5

Quand il s'est présenté devant le conseil des prêtres, la conscience de Paul l'a rassuré sur le fait qu'il avait toujours suivi un chemin droit. Comme des personnes ayant une conscience renouvelée, nous pouvons témoigner de notre bonne conduite dans le cas d'accusations injustifiées. Une bonne conscience découle de notre intégrité et de notre honnêteté envers Dieu et les autres.

Après avoir mené la prière lors d'un dimanche matin à l'église, une sœur est venue me trouver pour partager les préoccupations qui assaillaient son foyer, en particulier les problèmes de sommeil. Elle m'a ensuite demandé si je connaissais une prière spécifique qu'elle pourrait réciter. Ému par sa détresse, j'ai rapidement sollicité l'aide d'un autre frère croyant, afin que nous puissions unir nos prières en sa faveur.

C'est sous l'impulsion divine du Saint-Esprit que j'ai été amené à suggérer à la sœur d'utiliser de l'eau de prière pour asperger dans sa maison. Quelques jours plus tard, elle est revenue voir le pasteur de notre église pour partager avec lui son inquiétude après avoir vécu une nuit agitée à la suite d'un rêve étrange où son enfant avait une tête de chèvre :

> *J'ai passé une nuit troublée par un rêve étrange, dans lequel mon fils avait une tête de chèvre. Inquiet pour lui, je me suis adressé à Joël, qui m'a suggéré de prendre de l'eau, de la bénir, puis de l'asperger dans ma maison.*

J'ai choisi de partager cette histoire, car ma conscience m'a assuré que je n'avais rien à me reprocher. Selon la sœur, j'étais responsable du rêve qu'elle a fait. Après tout, ce qui se passait après la prière dépendait désormais de Dieu et non de moi. Bien que cette sœur ait attribué les difficultés rencontrées à ma faute, j'ai été en paix avec ma conscience, car j'avais agi avec sincérité et compassion.

Même si elle me tenait responsable, j'étais convaincu d'avoir fait tout mon possible pour l'aider. Cette expérience a renforcé ma conviction que la conscience est un guide précieux pour évaluer nos actions et nos intentions, surtout dans des situations délicates.

Bien que les hommes puissent nous faire porter des fautes qui ne sont pas les nôtres, il ne faut pas pour autant culpabiliser. Ce qui compte avant tout, c'est la paix dans notre conscience, purifiée par le sang de Jésus.

La parole de Dieu vous apaise en vous assurant que si votre cœur vous accuse, Dieu est plus grand que ce dernier. Autrement dit, lorsque nous sommes confrontés à une condamnation intérieure, suffit de se repentir et de revenir vers Dieu.

Il est donc essentiel de cultiver une conscience pure, guidée par l'Esprit, car cela nous permettra de faire face sereinement à toute allégation infondée. En adoptant cette démarche, nous pouvons poursuivre notre voyage dans la foi, animé par une profonde confiance et un sentiment de paix intérieure.

*Car si notre cœur nous **condamne**, Dieu est plus grand que notre cœur, et il connaît toutes choses.*

— 1 Jean 3 : 20

> *Posséder une bonne conscience mène à l'adoption d'un comportement vertueux et à la crainte de Dieu. Elle nous pousse à devenir des citoyens responsables et exemplaires, conscients de nos actes et de leur impact sur la société qui nous entoure.*

La bonne conduite, résultat d'une bonne conscience

*Priez pour nous ; car nous croyons avoir une **bonne conscience**, voulant en toutes choses nous **bien conduire**.*

— Hébreux 13 : 18

Pneumatikos_l'homme spirituel

Lorsque Paul mentionne le concept de « bien se conduire », il met en évidence l'importance de traiter autrui avec considération et d'agir avec honnêteté. Cet état d'esprit diffère de celui adopté par Marloz, l'élève qui refuse de respecter son professeur afin de démontrer sa supériorité intellectuelle, ou encore de l'enfant qui contrevient aux règles établies par sa mère en invoquant ses prérogatives de mineur. Il s'écarte aussi du comportement de l'employé qui néglige les consignes de son supérieur hiérarchique.

Pour un croyant, se comporter de manière juste revêt une grande importance. Il s'agit d'appliquer les enseignements de Jésus, tel qu'ils sont exprimés dans sa parole, afin de suivre le chemin de la vertu et de l'intégrité. La Bible constitue alors notre boussole et notre tableau de bord, puisqu'elle nous fournit des instructions précieuses pour nous guider vers des décisions sages et réfléchies.

Avoir une bonne conscience nous permet de manifester du respect envers nos professeurs, d'adopter un comportement irréprochable sur le lieu de travail et de nous transformer en collaborateurs exemplaires, inspirant ainsi nos pairs. De plus, il est crucial de se comporter de manière irréprochable dans le cadre de la foi, car il est essentiel d'être un exemple de piété. En définitive, c'est grâce à notre foi et à notre attachement aux valeurs de Christ que nous parviendrons à cultiver une relation profonde avec Dieu et avec notre prochain.

Que l'on soit croyant ou athée, la bonne conduite repose sur des principes universels, tels que le respect d'autrui et l'adoption de valeurs positives comme la bienveillance, la compassion et la générosité. Il ne faut pas négliger l'importance de cultiver une vie de prière en s'adressant à Dieu pour activer cette bonne conscience.

Pneuma_l'esprit

C'est grâce à cette communion privilégiée que nous pouvons puiser la force nécessaire pour adopter un comportement irréprochable.

> *L'obtention d'une bonne conscience s'opère également lorsque nous sommes attentifs au Saint-Esprit, qui nous révèle les choix qui s'offrent à nous. En fonction de ces révélations, nous sommes alors en mesure d'agir en accord avec la volonté de Dieu.*

Les bons citoyens ou les patriotes

En incluant ce passage dans mon ouvrage, je me suis demandé comment fonctionne le sentiment de rejet envers sa patrie. J'ai aussi entendu des individus qui expriment leur mécontentement à propos des impôts qu'ils jugent excessifs et du manque d'action de leurs dirigeants en leur faveur. Il est possible que cette situation soit réelle, c'est pourquoi il vaut mieux explorer d'autres perspectives plutôt que d'adopter une telle attitude.

En vérité, si nous orientons nos actions vers des principes tels que la justice, la bonté et l'honnêteté plutôt que vers la médisance et l'animosité, nous pouvons participer à l'édification d'une société plus juste et équitable. Cette démarche nécessite un engagement personnel, non seulement dans notre vie quotidienne, mais également dans nos interactions avec les autorités et la collectivité. De cette façon, nous devenons des agents du changement au sein de notre communauté, de notre pays et de l'humanité tout entière.

> *Oui, les **autorités** sont au service de Dieu pour te conduire au bien. Mais si tu fais le mal, tu dois avoir peur, car les autorités ont le pouvoir de punir, et ce n'est pas pour rien ! Quand les autorités punissent, elles sont au service de Dieu, elles montrent la colère de Dieu contre celui qui fait le mal.*

Pneumatikos_l'homme spirituel

— Romains 13 : 4-6 [Version Parole De Vie 2017]

Un véritable amoureux de la patrie est une personne qui ressent une profonde affection pour son pays, qu'il considère comme sa terre natale. Toutefois, certaines personnes ont perdu leur passion pour leur nation et se sont plongées aveuglément dans le capitalisme, ignorant les besoins de leurs concitoyens. Elles ne montrent plus l'envie de sortir leur pays de la détresse et de la précarité. En tant que disciple du Christ, il est crucial de développer un lien fort avec sa nation, symbole de son engagement envers des principes divins.

Un disciple de Christ qui ne manifeste aucun attachement envers sa patrie ne peut prétendre être un véritable représentant de Jésus-Christ sur la terre. En effet, les Saintes Écritures nous enseignent qu'on moissonne ce qu'on sème. Cette mise en garde n'a pas pour but de pointer du doigt, mais d'insister sur l'importance, pour tout homme spirituel, de chérir et de s'investir dans sa nation.

Pourquoi certaines personnes connaissent-elles la pauvreté, alors que d'autres réussissent ? Une explication possible est l'amour insuffisant pour leur pays. En maudissant leur nation et en insultant leurs leaders, ils nuisent malheureusement à sa prospérité. En effet, un discours négatif crée un environnement défavorable, ce qui ne peut conduire qu'à un ralentissement de la croissance économique, culturelle et sociale.

Être un homme spirituel exige également d'être un citoyen irréprochable, en observant les règles et les lois de sa nation. Cette qualité est cruciale, car elle donne l'occasion aux sceptiques de constater que vous êtes véritablement l'envoyé de Christ. Pourquoi quelqu'un devrait-il croire en vos convictions profondes si vous-même négligez de respecter les institutions en place ? Selon l'apôtre

Pneuma_l'esprit

Paul, les dirigeants sont des personnes investies d'une autorité divine chargée d'appliquer les lois divines. Par conséquent, il est impératif de leur témoigner du respect. Cette soumission ne doit pas être motivée uniquement par la volonté de Dieu ; elle doit plutôt émaner d'une réflexion éclairée de notre conscience, guidée par le Saint-Esprit.

Il convient de souligner qu'il est acceptable de désobéir aux instructions données par nos supérieurs hiérarchiques ou employeurs, lorsqu'ils sont contraires à l'éthique et aux valeurs fondamentales. En effet, la soumission à l'autorité devrait s'inspirer des principes enseignés par Jésus-Christ. Bien que nous puissions avoir une certaine antipathie envers quelqu'un exerçant une fonction dirigeante, il est crucial de le traiter avec respect, car cette position lui a été confiée par Dieu.

L'acquittement de ses obligations fiscales revêt une dimension morale et citoyenne pour chaque croyant. Bien qu'il puisse susciter certaines réticences, il convient d'emprunter le chemin tracé par l'apôtre Paul, qui incitait les Romains à régler scrupuleusement leur tribut, sans se soucier des éventuelles répercussions. Par ailleurs, Jésus a souligné la nécessité de remettre à César ce qui appartient à César, et à Dieu ce qui appartient à Dieu. Enfin, il est crucial de restituer à chacun ce qui lui est dû, notamment l'hommage qui est dû aux personnes investies d'une fonction de leadership.

Alors Jésus leur dit : Eh bien, rendez à l'empereur ce qui est à l'empereur, et rendez à Dieu ce qui est à Dieu.

— Luc 20 : 25 [Version Parole De Vie 2017]

Lorsque Jésus nous exhorte à donner à César ce qui lui revient, il signifie que nous devons observer les règles établies ainsi que les

Pneumatikos_l'homme spirituel

institutions en vigueur, y compris en réglant nos impôts. Nous avons le devoir d'honorer nos obligations financières envers l'État. Toutefois, si une telle exigence semble injuste, il est approprié de saisir les instances concernées afin d'exprimer notre opinion de manière légale. Il convient de mentionner que se plier aux décisions des magistrats doit s'accompagner d'une obéissance alignée sur les préceptes du Christ.

C'est pourquoi celui qui s'oppose à l'autorité résiste à l'ordre que Dieu a établi, et ceux qui résistent attireront une condamnation sur eux-mêmes.

— Romains 13 : 2

L'application de ces principes spirituels peut provoquer une profonde métamorphose personnelle. Les saintes Écritures nous exhortent à aimer notre prochain, à révérer le Seigneur et à honorer toute autorité qui nous dirige. Ainsi, obéir aux autorités commence par un cœur soumis à Dieu en premier lieu. Encore une fois, il ne s'agit pas d'une obéissance à l'aveugle, mais un respect selon le Seigneur.

Pour adresser des prières profondes pour votre nation, vous devez l'aimer et désirer son bien en toutes circonstances. Cela signifie que vous êtes un homme spirituel et mûr.

*Je cherche parmi eux un homme qui élève un mur, qui se tienne à la **brèche** devant moi en faveur du pays, afin que je ne le détruise pas ; mais je n'en trouve point.*

— Ézéchiel 22 : 30

Heureuse la nation dont l'Éternel est le Dieu ! Heureux le peuple qu'il choisit pour son héritage !

Pneuma_l'esprit

— Psaumes 33 : 12

Il est possible d'attirer les faveurs et la miséricorde de Dieu pour une nation en priant pour elle, car Dieu vous a choisi et votre nation est bien heureuse. Cependant, cela nécessite de la compassion, malgré les handicaps que vous constatez. En tant que citoyen céleste, vous devez servir d'exemple inspirant sur Terre, car notre séjour ici est temporaire.

La crainte/le respect de Dieu

Le respect [la crainte] du Seigneur est le commencement de la sagesse. Connaître celui qui est saint, c'est être intelligent (c'est le discernement).

— Proverbes 9 : 10 [Version Parole De Vie 2017]

Seuls ceux dont la conscience est irréprochable, non seulement aux yeux des hommes, mais aussi à ceux de Dieu, peuvent craindre Dieu sans compromettre leur relation avec lui. La crainte de Dieu se traduit initialement par l'obéissance à ses commandements et par la mise en pratique de ses enseignements. L'amour pour Dieu est une chose, mais la crainte en est une autre. Toutefois, il est possible de développer cette crainte en invoquant le Saint-Esprit pour nous guider afin que nous ayons une révérence profonde, totale, entière et complète pour Dieu. Cette capacité nous est directement accordée par Dieu.

a) La crainte de Dieu fait prospérer la maison de la femme sage

Parce que les sages-femmes avaient eu la crainte de Dieu, Dieu fit prospérer leurs maisons.

— Exode 1 : 21

Une femme est considérée comme « sage » lorsque sa bonne conscience impeccable suscite le respect et de la crainte envers Dieu, et l'incite à se conformer à l'Esprit en toutes circonstances. Cette qualité fait d'elle une personne éclairée, ce qui contribue grandement à la prospérité de son foyer. En effet, c'est grâce à une bonne conscience animée par la crainte de Dieu que l'on peut accéder à une prospérité authentique et durable.

Ainsi, chaque femme aspirant à accroître sa sagesse devrait cultiver sans relâche cette conscience irréprochable, afin de bâtir un cocon familial prospère ancré dans la sapience. Il n'y a point de fortune véritable dénuée de souffrance, si ce n'est celle découlant d'une conscience pure qui insuffle la crainte, faisant ainsi de vous une âme sage.

b) La crainte de l'éternel vous détourne des pièges de la mort

La crainte de l'Éternel est une source de vie, pour détourner des ***pièges de la mort.***

— Proverbes 14 : 27

Parfois, craindre et respecter Dieu permet d'échapper des pièges de la mort. Certains, ignorant les pouvoirs divins, s'en remettent à des marabouts et des sorciers avec des exigences complexes. Toutefois, les demandes de Dieu sont relativement simples : observer et appliquer ses commandements. Selon le livre des Proverbes, si vous craignez Dieu, vous vivrez une vie plus longue. En revanche, ceux qui choisissent la méchanceté seront retranchés de manière précoce.

La crainte de l'Éternel augmente les jours, mais les années des méchants sont abrégées.

Pneuma_l'esprit

— Proverbes 10 : 27

Dans la Bible, on retrouve l'histoire de sept personnes qui ont vécu plus de 900 ans : Adam, Seth, Énosh, Kénan, Yared, Methoushélah et Noé [Genèse 5 : 5-27 et Genèse 9 : 29]. Toutes ces personnes craignaient le Seigneur.

Selon le livre de Genèse 6 : 3, le seuil de la durée de vie humaine n'excèdera pas le nuage de 120 ans sur Terre. Cette affirmation s'est avérée exacte, puisque, au moment où j'écris ce livre, la femme officiellement la plus âgée au monde, Jeanne Calment, est décédée en 1997, à l'âge de 122 ans, 5 mois et 14 jours.

c) Celui qui craint l'Éternel récolte la richesse, la gloire et la vie

*Le fruit de l'humilité, de la crainte de l'Éternel, c'est la **richesse**, la **gloire** et la **vie**.*

— Proverbes 22 : 4

d) Ceux qui craignent l'éternel ont le bonheur pour partage

La joie authentique est le fruit du Saint-Esprit et se manifeste également par la crainte de Dieu. Par conséquent, le bonheur découle de la présence de la crainte du Seigneur dans notre vie.

Cependant, quoique le pécheur fasse cent fois le mal et qu'il y persévère longtemps, je sais aussi que le bonheur est pour ceux qui craignent Dieu, parce qu'ils ont de la crainte devant lui.

— Ecclésiaste 8 : 12

e) La crainte de l'éternel c'est la haine du mal, de l'arrogance et de l'orgueil

Pneumatikos_l'homme spirituel

Il incombe aux êtres spirituels de rejeter le mal, d'éviter la complaisance envers ce qui est perverti, prétentieux ou vaniteux. Cela signifie, adopter un comportement humble et être dévoués aux autres, tout en manifestant une répugnance à l'égard de l'injustice. Cela témoigne de notre crainte envers le Seigneur ; elle nous rend donc averses au mal. L'orgueil et l'arrogance deviennent presque une sorte d'allergie que nous ne pouvons plus tolérer.

La crainte de l'Éternel, c'est la haine du mal ; l'arrogance et l'orgueil, la voie du mal, et la bouche perverse, voilà ce que je hais.

— Proverbes 8 : 13

La conscience faible

*Quelques-uns, d'après la manière dont ils envisagent encore l'idole, mangent de ces viandes comme étant sacrifiées aux idoles, et leur conscience, qui est **faible**, en est souillée.*

— 1 Corinthiens 8 : 7

Selon la première épître aux Corinthiens, chapitre 8, verset 10, il est dit qu'une personne instruite, assise à un banquet dans un temple païen, pourrait entraîner une conscience fragile à manger de la viande sacrifiée aux idoles. Autrement dit, une personne cultivée devrait être un exemple à suivre plutôt qu'un piège tendu aux autres.

Les personnes dont la conscience est fragile sont particulièrement vulnérables à l'influence des doctrines et de leur environnement. L'apôtre Paul souligne spécifiquement cette lacune chez les Corinthiens et leur manière de voir les idoles : leur conscience est constamment souillée par leur comportement envers celles-ci. Elles

Pneuma_l'esprit

n'ont pas toujours conscience que leurs gestes influencent leur conscience. Une conscience contaminée par des actions répétées peut devenir fragile et se dégrader, comme un cancer qui attaque les poumons.

En effet, il y a des personnes très sensibles aux questions spirituelles, elles nous observent attentivement afin de détecter nos failles. Elles scrutent nos moindres gestes et nos comportements, en plus de la façon dont nous exprimons notre foi au quotidien. En tant qu'enfants de Dieu, nous pouvons être facilement influencés par les doctrines ou les idées. Cela peut indiquer que nous avons une conscience fragile et que nous avons besoin d'un soutien du Saint-Esprit.

Suivre l'exemple des chrétiens de Bérée en examinant attentivement tout ce qui nous est enseigné à la lumière de la Parole de Dieu avant de l'accepter et de l'intégrer dans notre cœur est essentiel [Actes 17 : 11]. Ainsi, ne pas agir par simple analogie en supposant que ce qui a fonctionné pour quelqu'un d'autre fonctionnera nécessairement pour nous.

Discernez les esprits pour savoir s'ils viennent de Dieu ou non [1 Jean 4 : 1-2], écoutez le Saint-Esprit pour éviter la souillure. Affermissez votre conscience en méditant sur la Parole de Dieu et armez-vous de ses enseignements afin de vous défendre et être ferme dans vos convictions, notamment votre foi en Christ.

Le témoignage de la conscience

Le témoignage de la conscience est un garde-fou qui vous protège des écueils de la vie, qu'ils soient professionnels, personnels ou familiaux. Elle évalue vos actes et vos choix, les approuvant ou les rejetant. Il convient toutefois de noter que la conscience doit être guidée par le Saint-Esprit pour être authentique. Autrement, elle sera étouffée par les convoitises de l'âme et de la chair. Par conséquent, il est fondamental que la conscience se fie au témoignage de l'Esprit.

1) La conviction d'être dans la vérité en Christ

Je dis la vérité en Christ, je ne mens point, ma conscience m'en rend témoignage par le Saint-Esprit.

— Romains 9 : 1

Que l'on croie ou pas, on peut tous se sentir justifiés dans ses convictions. Néanmoins, pour les enfants de Dieu, cette conviction correspond à une vérité réelle grâce à la présence du Saint-Esprit en eux. Effectivement, le Saint-Esprit convainc de péché, de jugement et de justice [Jean 16:8]. Paul est certain de la vérité parce que sa foi ne repose pas seulement sur sa conscience, mais aussi sur la présence du Saint-Esprit, qui est le gage de l'amour de Dieu dans nos vies.

Lorsque vous mettez en pratique la Parole de Dieu ou que vous dites la vérité, votre conscience le perçoit. Lorsque vous avez fait le bien, une voix vous encourage. Il s'agit du témoignage positif de la conscience, qui approuve votre action. Ceux qui ont régulièrement écouté leur conscience ont réussi et ont parfois même sauvé des vies, comme le bon samaritain. Cependant, cela nécessite que la conscience écoute la voix de l'Esprit de Dieu.

2) L'accusation ou la condamnation des actes

Quand ils entendirent cela, accusés par leur conscience, ils se retirèrent un à un, depuis les plus âgés jusqu'aux derniers ; et Jésus resta seul avec la femme qui était là au milieu.

Pneuma_l'esprit

— Jean 8 : 9

La fonction première de la conscience n'est pas simplement de justifier nos choix et nos actions, mais aussi de les évaluer. Elle est capable de condamner certains comportements humains. Prenons l'exemple suivant : quand nous sommes confrontés à une situation complexe, notre corps et notre âme réagissent souvent promptement, avant même que notre esprit ou notre conscience, animés par l'Esprit saint, aient eu le temps de peser le pour et le contre. En effet, nos cinq sens ont souvent tendance à inciter l'être humain à agir spontanément, au détriment de sa capacité à réfléchir. C'est là qu'intervient la conscience spirituelle : elle cherche à mettre en lumière les choix erronés opérés par notre instinct animal, en disant systématiquement « non ». Son objectif est d'orienter les prochaines décisions de notre esprit, plutôt que celles prises par l'homme charnel.

Lorsque Jésus a demandé : « *Que celui qui n'a jamais péché lance la première pierre* » [Jean 8 : 7], personne n'a osé le faire. Pourquoi ? Parce que leur conscience leur a rappelé qu'ils avaient eux-mêmes commis des péchés à plusieurs reprises et qu'ils n'avaient donc pas le droit de condamner la femme. Cela les a rendus incapables de réagir. Prenons cet exemple : lorsqu'un groupe de jeunes envisageait de commettre un cambriolage, l'un d'eux a voulu abandonner en disant : « *Je ne peux pas le faire, car je me sens coupable et c'est mal* ».

Malheureusement, dans cet exemple, le jeune homme n'a pas écouté sa conscience, mais a plutôt été influencé par ce qu'il entendait et voyait au sein du groupe de rebelles avec lequel il était. Ceux-ci lui promettaient de l'argent facile. Bien que sa conscience le

Pneumatikos_l'homme spirituel

blâmât, il a préféré l'ignorer. Il a alors été arrêté puis condamné à une peine de quinze ans de prison. Sa vie aurait pu être différente s'il avait écouté sa conscience. Je vous pose maintenant la question suivante : qu'est-ce que votre conscience vous reproche ? S'agit-il des drogues que vous consommez et qui vous détruisent ? De l'excès d'alcool que vous buvez jusqu'à vous rendre inconscient ? Ou bien est-ce la pernicieuse secte à laquelle vous appartenez ? Écoutez-vous votre conscience ou préférez-vous l'ignorer ?

Votre conscience peut être éclairée par le Saint-Esprit. La lumière que vous recevez dans votre conscience peut rectifier votre cheminement et vous indiquer la voie à suivre. Néanmoins, pour ceux qui n'ont pas encore accepté Jésus dans leur vie, leur conscience s'est assoupie ou a été paralysée par le péché. Elle est alors dominée par l'intellect, la volonté, les sensations, l'ouïe, le toucher, la vue, le goût et l'odorat, qui ont tous été transformés en des forteresses. Parfois, la conscience essaie de reprendre le pouvoir, mais elle ne peut y parvenir très longtemps. Cela rappelle le mouvement d'un doigt chez quelqu'un qui dort profondément, causé par une réaction neuronale plutôt qu'une intention consciente.

Si vous lisez ces lignes, sachez que Dieu est présent dans votre conscience et qu'il cherche à vous guider de manière positive. Si vous décidez de l'écouter, vous connaîtrez le succès dans vos projets et sur le chemin de votre destinée. Toutefois, si vous préférez refuser sa guidance, sachez que ce sera un choix personnel assumé qui pourrait vous emmener à la dérive.

3) *La conviction de connaître la vérité en Christ*

Pneuma_l'esprit

> *Connaissant donc la crainte du Seigneur, nous cherchons à convaincre les hommes ; Dieu nous connaît, et j'espère que dans vos **consciences** vous nous connaissez aussi.*
>
> — 2 Corinthiens 5 : 11

En effet, tout le monde a aujourd'hui des convictions sur une multitude de sujets, que ce soit en politique, en économie, en histoire ou en science. Cependant, il est important de se poser la question suivante : d'où viennent ces convictions ?

Dans sa lettre aux Corinthiens, l'apôtre Paul affirme que Dieu le connaît parfaitement grâce à la crainte et au respect qu'il lui manifeste. Par conséquent, il se demande si les autres connaissent également Paul et ses compagnons comme Dieu les connaît. L'apôtre s'interroge sur la façon dont le peuple les perçoit dans leur conscience. Selon lui, celle-ci devrait attester qu'ils connaissent parfaitement Paul et ses compagnons, puisque cette connaissance n'est pas le fruit d'un apprentissage intellectuel, mais plutôt d'une révélation spirituelle. Le Saint-Esprit, qui est présent dans leur conscience, devrait alors témoigner de la véritable identité de l'apôtre. Étant donné que Dieu est présent dans leur conscience et qu'il connaît Paul, les gens devraient aussi le connaître d'une manière spirituelle.

> *Si vous souhaitez être connu, sachez que vous n'êtes pas un produit commercial à promouvoir par le biais d'une campagne marketing et de panneaux publicitaires. Au contraire, il est important de prier pour que Dieu, qui vous connaît intimement, puisse révéler votre véritable identité aux nations à travers leur conscience.*

Adam avait la capacité de communiquer avec l'Éternel et de comprendre sa création grâce à sa conscience. Il parlait à Dieu et

Pneumatikos_l'homme spirituel

découvrait les animaux, les plantes et les oiseaux qui peuplaient le jardin d'Éden. Cette compréhension a été entravée lorsque l'être humain s'est éloigné du Créateur. Après avoir goûté au fruit défendu de l'arbre de la connaissance du bien et du mal, l'homme se retrouva déconnecté de Dieu, car il n'avait pas obtenu cette connaissance avec son approbation. Cela a voilé son esprit. Toutefois, la résurrection de Jésus-Christ a permis de déchirer ce voile et de rétablir la capacité de l'homme à connaître Dieu par l'entremise de sa conscience.

La connaissance obtenue par des moyens illégaux diffère considérablement de celle acquise légalement. Même si cette connaissance est réelle, elle peut causer la mort. Elle est semblable à l'argent provenant de sources illégales, comme l'argent de la corruption ou l'argent du sang. Celui-ci procure un sentiment de satisfaction temporaire, mais il finit par causer souffrance et remords. Seul le Saint-Esprit peut fournir une connaissance sans conséquences négatives.

Selon la Bible, Daniel et ses compagnons étaient dix fois plus intelligents que leurs professeurs [Daniel 2 : 21]. Cette connaissance exceptionnelle n'a pu être acquise qu'avec l'aide du Saint-Esprit, qui la transmet gratuitement sans exiger aucune compensation. Leur intelligence était si grande qu'ils pouvaient tout comprendre. Si votre conscience vous dit que certaines connaissances sont nuisibles, il faut y prêter attention et refuser d'y avoir accès, car elles peuvent entraîner votre perte. Au contraire, acceptez Jésus comme Seigneur pour recevoir une connaissance véritable. C'est Dieu qui accorde la perspicacité et le savoir à ceux qui les désirent avec sincérité, leur permettant ainsi de réaliser des prouesses.

Pneuma_l'esprit

La conscience et la foi

> *Le commandement que je t'adresse, Timothée, mon enfant, selon les prophéties faites précédemment à ton sujet, c'est que, d'après elles, tu combattes le bon combat, en gardant la **foi** et une **bonne conscience**. Cette conscience, quelques-uns l'ont perdue, et ils ont fait naufrage par rapport à la foi.*
>
> — 1 Timothée 1 : 18-19

> *Sans une bonne conscience, la foi est prompte à chavirer dans les torrents d'incertitudes.*

Selon Hébreux 11 : 1, la foi est la certitude des choses que l'on espère et une preuve de celles que l'on ne voit pas. La foi rend tangible ce que nous espérons ; elle met en évidence la réalité des choses que nous ne pouvons pas voir grâce à une conviction profonde qui s'enracine dans notre conscience. En quoi croyons-nous ? En Dieu ? En nos réalisations ? Pourquoi parler de la foi en Dieu plutôt que simplement de la foi ?

L'apôtre Paul établit un lien étroit entre la conscience et la foi : une bonne conscience peut contribuer à renforcer la foi. Votre assurance découle directement de votre conscience apaisée, particulièrement dans certaines circonstances. Toutefois, si vous perdez cette bonne conscience, votre foi en la vie, en Dieu, dans la réussite et la famille risque de s'effondrer. Il est donc crucial de préserver une conscience pure et par conséquent une foi solide, tout comme l'illustre le passage de Timothée.

> *Conservant le mystère de la foi dans une conscience pure.*
>
> — 1 Timothée 3 : 9

Pneumatikos_l'homme spirituel

La foi ne peut s'épanouir pleinement que si une conscience pure est présente. Jésus, qui est le consommateur de la foi, a besoin d'une telle conscience pour la nourrir. Il en va de même pour la foi, qui est la consommatrice d'une conscience pure. Protéger sa conscience des influences néfastes permet de préserver sa foi lorsque les épreuves surviennent. La parole de Dieu constitue une nourriture spirituelle propice au développement de la foi. La conscience pure fonctionne ainsi comme un catalyseur pour la crédulité, nous donnant la motivation de persévérer face aux obstacles et nous insufflant la force et l'énergie requises pour y parvenir.

> *Vous pouvez décider si vous voulez suivre ou ignorer votre conscience. Cette responsabilité vous incombe entièrement. Mais soyez également préparés à assumer les conséquences qui en découlent.*

La mauvaise conscience

L'écrivain français Roger Mondoloni affirme en ces mots : *« Pécher, c'est le mot que l'on donne à la mauvaise conscience »*.

La mauvaise conscience est littéralement définie comme le fait d'avoir quelque chose à se reprocher ou tout simplement de ne pas avoir l'esprit tranquille.

*Approchons-nous avec un **cœur sincère**, dans la plénitude de la foi, les **cœurs purifiés** d'une **mauvaise conscience**, et le corps lavé d'une eau pure.*

— Hébreux 10 : 22

Ce passage met en évidence l'importance de la purification de la conscience. Seul le sang de Jésus peut nous libérer de la culpabilité et du déshonneur qui nous rongent et nous permettre d'accéder au

Pneuma_l'esprit

trône de la grâce. Pour y arriver, le croyant ou le non-croyant ne peut compter sur son intelligence, sa volonté ou ses émotions. Il doit plutôt avoir une conscience pure pour accéder à cette communion avec Dieu par le Saint-Esprit, et se laisser guider par son intuition spirituelle.

Lorsque nous sommes capables d'entrer en communion avec le Saint-Esprit, nous pouvons recevoir ses révélations et sa pensée dans notre esprit. La mort et la résurrection de Jésus-Christ nous ont ouvert la porte du trône de la grâce. Si nous persistons à nous pointer du doigt et à nous critiquer mutuellement, nous resterons prisonniers de la culpabilité qui nous consumera de l'intérieur, nous empêchant ainsi de contempler la magnificence de Dieu dans notre vie. En rejetant la grâce divine du pardon et en négligeant l'offrande sacrificielle de Jésus-Christ, nous érigeons des barrières qui nous empêchent d'établir une connexion avec Dieu. Il est crucial de s'affranchir de nos erreurs antérieures et de se pardonner pour accepter la grâce divine et poursuivre notre croissance spirituelle.

1) La souillure et l'incrédulité

*Tout est pur pour ceux qui sont purs ; mais rien n'est pur pour ceux qui sont **souillés et incrédules**, leur intelligence et **leur conscience sont souillées**.*

— Tite 1 : 15

La phrase *« Tout est pur pour ceux qui sont purs »* fait allusion au fait que la pureté de l'homme a une influence sur tout ce qu'il possède. À l'inverse, pour ceux qui sont souillés et qui doutent, leur conscience et leur intelligence le sont également.

Cette section explique que la mauvaise conscience repose sur deux piliers, la souillure et l'incrédulité. Pourquoi parle-t-on ici de souillure et d'incrédulité en lien avec la conscience ?

Le mot grec *« Rhupos »* définit la souillure comme quelque chose d'immonde, de sale et d'obscène. Elle peut donc être perçue comme une bavure, une corruption ou une bassesse qui s'accumulent dans la conscience et la rendent mauvaise. Lorsque la conscience est ainsi souillée, cela peut empêcher l'être humain d'avoir une relation intime avec Dieu par le Saint-Esprit. Cette relation nécessite en effet une conscience pure et sans tache.

La deuxième caractéristique d'une mauvaise conscience est l'incrédulité. En grec *« apistia »*, cela se définit comme un manque ou une faiblesse de la foi. Le doute constitue un obstacle à une intuition juste et à une communion parfaite avec Dieu. En effet, celui qui doute ne peut s'attendre à recevoir quelque chose du Seigneur [Jacques 1 : 6-7]. C'est pourquoi ses prières ne seront jamais exaucées.

2) La marque de la flétrissure

*Par l'hypocrisie de **faux docteurs** portant la marque de la flétrissure dans leur propre conscience.*

— 1 Timothée 4 : 2

Le mot *« flétrissure »,* traduit du grec par *« Kauteriazo »*, décrit une punition infligée aux condamnés, soit celle d'être marqués au fer rouge. Ce terme s'applique à ceux qui portent toujours le poids de leur conscience coupable. La Bible parle des faux docteurs qui portent cette marque. Mais comment les docteurs de la loi en sont-ils arrivés là ? Ils ont résisté à leur conscience jusqu'à ce qu'elle se fatigue et finisse par abandonner. Par la suite, leur conscience est devenue endurcie et a été marquée au fer rouge.

Pneuma_l'esprit

La voie de la conscience étouffée

Pour mener une vie spirituelle authentique, il faut avoir une conscience claire et lucide. La conscience n'est pas seulement capable de distinguer entre le bien et le mal ; elle peut aussi nous aider à différencier ce qui vient de Dieu [l'œuvre du Saint-Esprit] de ce qui n'en provient pas. Ainsi, on peut décider d'écouter ou non sa conscience. Celle-ci peut se terrer dans le silence lorsque les gens ont fait un choix délibéré de l'ignorer.

- Premièrement, les personnes qui font le choix de taire leur conscience tentent souvent de la raisonner en lui fournissant de multiples arguments basés sur la logique humaine. Elles cherchent à la convaincre en engageant un dialogue intérieur [par exemple : *« Tu ne vois pas que... »*, *« Je pense que... »*, *« C'est certainement... »*]. La réflexion et la pensée font partie intégrante de la nature humaine ; elles doivent donc être utilisées. Toutefois, si l'on en arrive à étouffer la voix de la conscience par des raisonnements ou des justifications qui vont à l'encontre de la volonté de Dieu, cela peut entraîner une perte de sensibilité spirituelle.

- Deuxièmement, ceux qui choisissent de taire leur conscience peuvent également chercher à la soulager en multipliant les bonnes actions. Elles pensent alors que cela leur permettra de soulager leur culpabilité même si elles continuent à pécher. Les bonnes œuvres ne peuvent pas effacer les péchés et ne sont pas suffisantes pour atteindre la justice de Dieu.

Prenez note de ce fait crucial : aussi longtemps que l'être humain ne reconnaîtra pas ses fautes et ne les avouera pas à Dieu, permettant

Pneumatikos_l'homme spirituel

ainsi au sang de Jésus de les laver, sa conscience restera silencieuse et sombrera dans un profond coma en raison de sa désobéissance. Tout comme les professeurs n'apprécient guère les élèves qui négligent leurs consignes, de même, une personne peut voir sa conscience s'assombrir et perdre toute clarté ; aucune lumière du Saint-Esprit ne vient l'illuminer. Elle est écrasée et perd progressivement sa force jusqu'à ne plus avoir la capacité de faire entendre sa voix.

À ce moment-là, l'être humain devient cruel : il commet des actes répréhensibles sans aucun regret, que ce soit en tuant quelqu'un, en faisant preuve de fraude, en volant, en mentant ou en pervertissant les autres. Ces individus ne font plus confiance ni en eux-mêmes ni en autrui ; ils savent qu'ils sont destinés à l'échec. Certains vivent une ruine financière, des relations brisées et des foyers détruits dans le cadre de ce processus. Il est donc primordial d'emprunter la voie de la conscience, qui doit être nourrie par la Parole de Dieu et guidée par le Saint-Esprit.

Les pensées

« *Phronema* », un mot d'origine grecque, désigne toute pensée présente dans notre esprit sous forme d'image. Nous pouvons maintenant examiner comment les images sont véhiculées. C'est dans cette optique que le roi David a dit :

> *Je **pense** à mes cantiques durant la nuit, je fais des réflexions au-dedans de mon cœur, et mon **esprit médite**.*
>
> — Psaume 77 : 7

L'apôtre Paul a aussi écrit :

Pneuma_l'esprit

> *Celui qui sonde les cœurs connaît quelle est **la pensée** de l'Esprit, parce que c'est selon Dieu qu'il intercède en faveur des saints.*
>
> — Romains 8 : 27

Les éléments déclencheurs de la pensée

1) La parole de Dieu

La parabole des semences et de la terre illustre comment une personne, ayant entendu la Parole de Dieu avec un cœur honnête et bon, peut la retenir et porter du fruit, grâce à sa détermination constante [Luc 8 : 15]. Elle porte du fruit parce que la foi vient de ce qu'on entend et ce qu'on entend vient de la parole de Dieu [Romains 10 : 17]. Ainsi, lorsqu'on écoute la Parole de Dieu, on développe un système de croyances qui façonne notre pensée, et ce qu'on médite chaque jour devient notre système de pensée. L'homme est le produit de ses pensées, comme le dit le proverbe *« Dis-moi ce que tu écoutes et qui tu écoutes, je te dirai qui tu es »*.

Dans la parabole de la brebis perdue, il y a une grande joie au ciel pour un seul pécheur qui s'est repenti, plutôt que pour quatre-vingt-dix-neuf justes qui n'ont pas besoin de repentance [Luc 15 : 4-7]. Cette parabole a certainement suscité en vous des pensées et des réflexions. De la même manière, les médias comme les journaux, les sites web, les réseaux sociaux, les magazines et la télévision diffusent dans votre esprit des images et des idées, qu'elles soient positives ou négatives. Il est important de savoir sur quoi vous concentrez votre attention. Si vous désirez préserver la conscience de vos enfants, faites les bons choix. En effet, ils seront le résultat de ce qu'ils voient et entendent.

Pneumatikos_l'homme spirituel

> *La Parole de Dieu écoutée et méditée suscite en vous des pensées. Cela est évident pour ceux qui lisent la Bible.*

2) Le Saint-Esprit ou encore Dieu

Ananias et Saphira ont fait un engagement envers Dieu qu'ils n'ont pas respecté. Ils ont menti à Pierre, même si le Saint-Esprit venait juste de révéler une pensée à celui-ci [Actes 5 : 1]. Cet événement illustre la manière dont le Saint-Esprit peut transmettre une idée ou une révélation à quelqu'un. Les deux protagonistes s'étaient entendus pour vendre leurs biens et remettre le produit de la vente aux apôtres, qui devrait ensuite être redistribué.

Toutefois, ils ont gardé une partie du profit pour eux-mêmes avant de donner le reste aux apôtres. Le Saint-Esprit a mis Pierre au courant de la situation pour montrer que l'Esprit de Dieu est capable de transmettre une pensée et de tout savoir ; on l'appelle *« l'Esprit qui connaît tout et qui révèle tout »*.

Parlons maintenant de la rencontre extraordinaire entre Moïse et Dieu. Bien sûr, Dieu lui a transmis un message très puissant : une mission, celle de libérer Israël. Portez attention au récit de cette rencontre majestueuse dans Exode 3 : 7-22. Dieu dit à Moïse : *« Maintenant, vas-y ! Je t'envoie en Égypte pour faire sortir mon peuple, les enfants d'Israël. »*. Dieu a demandé à son serviteur d'agir. Il est donc important de réfléchir à ce qui nous pousse à agir, et de savoir d'où vient notre motivation.

3) Un témoignage

Peut-être avez-vous déjà entendu un témoignage, qu'il s'agisse d'une prédication dominicale, d'une émission radiophonique ou d'une diffusion télévisée. Ce dernier peut susciter en vous l'élan

Pneuma_l'esprit

nécessaire pour affronter les défis de la vie, ou au contraire, vous pousser vers l'arrière. Il a le pouvoir de vous remplir d'espoir et de courage, mais aussi de vous briser si son message est décourageant.

Permettez-moi de partager avec vous mon expérience personnelle. Il y a eu un moment dans ma marche avec le Seigneur où je me suis senti perdu et découragé. Je me suis mis à penser comme les israélites dans le désert : « *C'était mieux quand j'étais en Égypte* » [dans le monde]. Selon la Bible, les saints ont remporté la victoire grâce au sang de l'agneau et à la parole de leur témoignage [Apocalypse 12 : 11]. Grâce à ce témoignage de la parole de Dieu, mon intelligence a été renouvelée.

Souvenez-vous qu'un témoignage peut vous aider à surmonter les difficultés de la vie et à ne plus avoir peur de mourir. Lorsque vous lirez ces témoignages, laissez votre conscience se transformer afin d'être victorieux dans tous les aspects de votre vie.

4) Par les entités spirituelles

Il se peut que vous lisiez ce livre avec une conviction préconçue selon laquelle les entités spirituelles n'existent pas. Cependant, je voudrais vous dire une chose : il ne s'agit pas de nier une vérité, mais plutôt de chercher la vérité.

Prenons l'exemple très évident de la trahison de Jésus par son disciple Judas. La Bible affirme que Satan est entré en lui [Luc 22 : 3]. En réalité, tout a commencé par les pensées communiquées par l'entité spirituelle qui ont envahi Judas, produisant ainsi du fruit. Ces pensées, ayant érigé des forteresses en lui, ont ouvert une porte d'accès au diable. Ce qui s'est finalement manifesté par la trahison de Jésus.

Pneumatikos_l'homme spirituel

En tant qu'être humain et, plus particulièrement, en tant qu'enfant de Dieu, il y a une chose importante à retenir. Comme vous ne pouvez pas empêcher les oiseaux de voler au-dessus de votre tête, vous ne pouvez pas non plus empêcher les pensées négatives d'envahir votre esprit. Toutefois, il y a une chose que vous ne devriez jamais accepter : les oiseaux ne doivent pas se percher sur votre tête pour y bâtir leur nid. Vous avez donc la possibilité de contrôler les pensées qui occupent votre esprit. Ce choix est crucial ; il mérite toute votre attention. Je vous recommande de bien analyser l'opposition entre Jésus et Satan dans le désert [Matthieu 4 : 1-11] afin de mieux comprendre cela.

5) Les anges peuvent déclencher les pensées chez les humains

Peut-être vous interrogez-vous sur l'existence des anges. Est-ce une interrogation justifiée ? Absolument ! En effet, pour appuyer cette idée, considérons l'exemple de l'ange qui s'est présenté à Marie pour lui annoncer la naissance imminente du Messie, Jésus-Christ [Matthieu 1]. Cette rencontre a profondément marqué Marie, et progressivement, la conception de la venue de Jésus sur terre par son biais s'est installée dans sa conscience. Le privilège qu'a eu Marie de recevoir un tel message divin démontre indéniablement que les anges sont bien réels. Par conséquent, la réponse à votre question est affirmative : oui, les anges existent !

6) La chair peut susciter en vous des pensées

La chair possède sa propre volonté et ses propres désirs, qui sont si puissants qu'ils arrivent à faire taire l'esprit. On parle alors des « œuvres de la chair », qui provoquent des comportements tels que les disputes, l'animosité ou encore les divisions [Galates 5 : 19-21]. La chair peut également susciter en vous des pensées d'infidélité et de convoitise !

Réfléchissez aux pensées qui doivent grandir et se développer dans votre conscience. Vous laissez-vous inspirer par les paroles de Dieu ou du Saint-Esprit ? Ou est-ce plutôt votre entourage, Satan ou vos propres pensées qui influencent vos réflexions ? En y réfléchissant, vous pouvez comprendre comment chaque source affecte vos pensées et prendre les mesures nécessaires pour nourrir votre esprit de la parole de Dieu.

Comment lutter contre les mauvaises pensées ?

Avant d'aller plus loin dans l'analyse des origines de nos pensées, il serait bénéfique d'examiner comment combattre les mauvaises pensées. Beaucoup de gens disent : « J'ai tenté diverses méthodes pour éliminer mes pensées suicidaires, meurtrières, luxurieuses ou infidèles, mais rien n'a fonctionné. ». Toutefois, je souhaite attirer votre attention sur le fait que l'on ne peut pas empêcher les oiseaux de voler au-dessus de notre tête, mais qu'on peut empêcher qu'ils ne construisent leurs nids sur notre tête. Alors, la question devient : comment y parvenir ? Pour répondre à cette question, je vous invite à considérer le passage de Matthieu, chapitre 4, verset 1 à 11.

1) *Naître de nouveau*

Seuls les membres de l'armée d'une nation ont le privilège de posséder certaines armes pour assurer leur défense. Sans être citoyen français, suisse ou camerounais, personne ne peut bénéficier de la protection de l'armée de ces pays. De même, pour combattre les mauvaises pensées, il faut des armes spirituelles. Et vous ne pouvez accéder aux armes de Dieu que si vous faites partie de son armée. La condition sine qua non est de devenir enfants de Dieu par le biais de

Pneumatikos_l'homme spirituel

la nouvelle naissance. En vérité, les armes que nous utilisons ne sont pas physiques, mais spirituelles.

La nouvelle naissance, *Paliggenesia* en grec est un renouvellement, une recréation. C'est une nouvelle vie consacrée à Dieu. Pour que Dieu se batte à vos côtés, votre vie doit lui appartenir.

Pensez aux agriculteurs qui plantent des graines dans leurs champs. Quand on enterre une graine de blé ou de moutarde, elle subit une sorte de mort avant de percer la croûte terrestre. Elle renaît ensuite, donnant naissance à des épis de blé ou à des plants de moutarde. De même, en devenant enfants de Dieu, nous renonçons à l'ancienne vie pour embrasser la nouvelle.

Cependant, quiconque confessera donc de sa bouche le nom du Seigneur Jésus et croira dans son cœur que Dieu l'a ressuscité des morts sera sauvé.

— Romain10 : 9

Comme une naturalisation dans un pays, vous avez des étapes à suivre pour y parvenir et faire partie des privilégiés enfants de Dieu. Pour cela, il faudra :

a) Confesser le Nom du Seigneur Jésus « *Dieu Sauve* », « *Christ le messie, l'oint* », le reconnaître publiquement et le recevoir comme Seigneur et Sauveur de sa vie.

b) Croire que Dieu l'a ressuscité des morts. De nos jours, personne n'a jamais vu Jésus ressuscité. Néanmoins, nous croyons qu'il est ressuscité des morts. Ça peut être de la folie aux yeux des hommes, mais ce que l'on appelle la foi selon Hébreux 11, verset 1, nécessite de faire des sorties sur des sentiers battus.

2) *Être rempli du Saint-Esprit*

Vous avez sûrement déjà entendu le proverbe : « *la nature a horreur du vide* ». Cette expression revêt une connotation philosophique qui peut être appliquée aux êtres humains. Ces derniers sont considérés comme des temples, c'est-à-dire à des maisons. Leurs esprits constituent alors un appartement de ce temple. Les pensées, qu'elles soient bonnes ou mauvaises, viennent peupler l'esprit. Selon la parole de Dieu, nous sommes le temple du Saint-Esprit. Quand il occupe tout l'espace, nos pensées se soumettent automatiquement au résident. Comme la nature n'aime pas le vide, votre esprit sera toujours submergé de pensée.

Ainsi, se laisser remplir, c'est se laisser diriger et inspirer par l'Esprit [Jean 16 : 13]. Cela consiste à découvrir la vérité grâce à sa lumière et à méditer sur des sujets profonds. Autrement dit, lorsque des pensées négatives vous assaillent, telles que la pauvreté, le déclin, le doute, le suicide ou encore les incertitudes concernant ton mariage, le Saint-Esprit a la capacité de nettoyer votre esprit de ces informations. Toutefois, cette mission ne peut aboutir sans votre collaboration.

3) *Être rempli de la parole de Dieu et les déclarer*

La Bible affirme que Christ est la Parole incarnée. Lorsque Satan l'a tenté, il ne l'a pas abordé avec des théories ou des raisonnements humains, mais avec la Parole de Dieu. Jésus n'a pas seulement refusé de l'adorer, il a répondu par la Parole : « *L'homme ne vit pas seulement de pain, mais de toute parole qui sort de la bouche de Dieu* » [Matthieu 4 : 4-10]. C'est à ce moment-là que Satan l'a quitté et que les pensées malsaines se sont éloignées de lui. Vous ne pouvez pas chasser les pensées négatives si la Parole n'est pas enracinée en vous. Par conséquent, il est crucial de méditer et de laisser imprégner votre cœur. Ce qui permettra à la Parole de Dieu de prendre vie en vous.

Pour triompher des mauvaises pensées qui assaillent l'esprit, équipez-vous des armes de Dieu, comme l'épée de l'Esprit [la Parole de Dieu], ainsi que le casque du salut. Ces outils permettent d'éteindre tous les traits enflammés de l'adversaire. Voici quelques passages bibliques à méditer pour lutter contre les pensées néfastes et imprégner l'esprit de la Parole de Dieu :

- Ces éléments doivent être présents dans votre esprit : *« Ce qui est vrai, honorable, juste, pur, aimable, vertueux, digne de louanges et qui mérite l'approbation »*. Si vos pensées ne correspondent pas à la description ci-dessus, vous devez les combattre, les repousser et ne pas céder aux envahisseurs [Philippiens 4 : 8].

- Assurez-vous toujours que le « casque » de l'assurance du salut soit bien fixé sur votre tête [Éphésiens 6 : 17]. En effet, nous sommes des serviteurs de ceux auxquels nous obéissons. Le port d'un tel couvre-chef permettra d'éviter que quelqu'un ne domine et ne manipule nos pensées, par conséquent notre existence.

- Vos pensées doivent être captives et soumises à l'obéissance de Christ [2 Corinthiens 10 : 5].

- N'oubliez pas que la paix de Dieu préservera vos pensées en Jésus-Christ alors que vous lui exprimerez vos demandes [Philippiens 4 : 6-7].

Le siège de l'intuition

L'intuition représente une forme d'expression pour notre esprit, révélant ainsi ses profondes réflexions, qui ne sont rien d'autre que les échos de la sagesse divine. Elle peut être perçue comme une sensibilité de l'esprit.

Il est important de souligner que l'esprit peut éprouver une profonde sensibilité sans être influencé par des facteurs externes. En effet, contrairement à la sensibilité de l'âme, qui est fortement influencée par les circonstances, celle de l'esprit fonctionne indépendamment. Prenez l'exemple d'une personne qui se sent heureuse et fière d'avoir passé son examen avec succès. Cette joie provient uniquement de la sensibilité de l'âme et non de l'esprit. L'échec à cet examen n'affectera pas l'état de l'esprit, puisque c'est en réalité le Saint-Esprit qui communique cette joie à votre esprit, ce qui peut en effet modifier l'état de votre âme.

La disposition de l'esprit

> *Veillez et priez, afin que vous ne tombiez pas dans la tentation ; l'esprit est **bien disposé**, mais la chair est faible.*
>
> — Mathieu 26 : 41

Mathieu sait que la prière est une démarche spirituelle qui exige une disposition de l'esprit pour établir une connexion profonde avec le Saint-Esprit. Alors, qu'est-ce qu'un esprit disposé ? Quelle est son importance ? Comment maintenir l'intuition éveillée ?

Esprit disposé !

Être disposé se définit par le mot « *Nadab* », en hébreu, qui signifie être prêt et avoir une disposition intérieure favorable à accueillir la direction du Saint-Esprit. Elle commence avec un cœur ouvert, non seulement envers Dieu, mais aussi envers ses semblables. Par exemple, pour que les élèves et les apprentis puissent bénéficier des connaissances transmises par leurs professeurs, leur cœur doit être réceptif, ce qui signifie que leur esprit doit être dans un état d'ouverture.

Un esprit disposé n'est pas dominé par l'âme ou le corps, mais manifeste une véritable volonté de communiquer avec Dieu par l'intermédiaire du Saint-Esprit. Le corps humain a besoin constamment d'eau pour se rafraîchir et renouveler son énergie lorsqu'il est déshydraté. Il en va de même pour le Saint-Esprit, qui nourrit l'esprit d'un désir permanent de rester connecté à Dieu et aux autres.

Lorsque l'esprit brûle du désir ardent de se rapprocher de Dieu, il entre dans un état de conscience altérée, où il devient insensible aux événements et défis quotidiens. Cette insensibilité ne signifie pas qu'il rejette ou ignore ces réalités, mais plutôt qu'il reste concentré sur sa relation avec Dieu.

Quel est l'intérêt d'avoir un esprit disposé ?

En effet, l'humanité fait face à un adversaire redoutable, le diable, qui rôde comme un lion en quête de proies. Il faut donc avoir un esprit disposé pour se défendre efficacement.

Être sur ses gardes, ce n'est pas nécessairement vécu comme une peur persistante due à la nature de l'adversaire. Cela correspond plutôt au fait d'être conscient de la présence continue de Dieu, qui nous protège des dangers, tout en nous instruisant.

Pneuma_l'esprit

Par exemple, c'est lorsque le célèbre prophète Moïse se tenait dans la présence de Dieu qu'il reçut l'information que son peuple avait créée une idole de veau d'or. C'est grâce à cette expérience spirituelle intense qu'il put recevoir les instructions divines sur la conduite à adopter. Dans cette présence, il a reçu les directives nécessaires pour agir. Cette connexion profonde avec Dieu façonnait sa perception et son approche face aux défis.

Le Seigneur avait besoin de la contribution des hommes pour bâtir le temple ainsi que les ustensiles nécessaires au culte [Exode 36 : 2]. Afin d'atteindre son objectif, Dieu désigna deux artisans parmi le commun des croyants, nommés Oholiab et Betsaleel. Contrairement à Aaron ou Myriam, ces derniers ne détenaient aucun titre ni statut hiérarchique.

Dieu cherchait des individus sur qui déposer sa grâce, en leur accordant la sagesse et l'intelligence nécessaires pour mener à bien ses projets. Le dévouement sans faille d'Oholiab et de Betsaleel pour la cause de Dieu les rendit chers à ses yeux. Une telle disposition est capitale, car elle permet d'éviter de passer à côté de nombreuses opportunités, qu'elles soient d'ordre spirituel ou professionnel.

Mettre de côté le respect pour sa hiérarchie professionnelle entraîne peu à peu une perte de sens du devoir. Cette attitude peut mener à une insensibilité croissante, voire à une dureté de cœur. Par exemple, lorsqu'il y a des promotions et que notre nom ne figure pas sur la liste, il est tentant de s'en prendre aux dirigeants, en les accusant de favoritisme.

Toutefois, la cause profonde réside généralement dans un manque d'ouverture de cœur. Se montrer disposé à aider ceux qui nous entourent est le moyen le plus efficace d'attirer les bonnes grâces non seulement des personnes influentes, mais aussi de Dieu, de nos patrons, de nos conjoints, de nos enfants et de nos amis. L'objectif final n'étant pas de devenir une « lèche-botte », mais plutôt de respecter les directives données par Dieu.

Lorsqu'une nation ou un peuple met en place des mesures comme le mariage entre personnes du même sexe, le droit à l'avortement ou des réglementations strictes en matière d'immigration, cela indique généralement que ces décisions reflètent leurs valeurs fondamentales. Cette dynamique est similaire à celle qui a incité les israélites à se soumettre aux désirs de leur cœur et à créer une idole, le veau d'or.

Comment déclencher la disposition de l'esprit ?

Penchons-nous sur l'histoire de cette bourgeoise surnommée Lydie. La Bible indique qu'elle a reçu de Dieu l'ouverture de son cœur. Cette intervention divine marque la première étape à franchir pour disposer son esprit.

> *L'une d'elles, nommée Lydie, marchande de pourpre, de la ville de Thyatire, était une femme craignant Dieu, et elle écoutait. Le Seigneur lui **ouvrit le cœur**, pour qu'elle fût attentive à ce que disait Paul.*
>
> — Actes 16 : 14

- Sollicitez l'intervention de Dieu par la prière pour ouvrir votre cœur dans n'importe quelle situation. Pour ce faire, il est conseillé d'invoquer le Seigneur en disant : « *Seigneur, ouvre mon cœur pour que je puisse...* », puis de nommer ensuite l'objet ou la situation qui vous préoccupe. Cet exercice vous aidera à atteindre un état de réceptivité et de sensibilité pour écouter les autres ou

Pneuma_l'esprit

pour approfondir votre connaissance de la Parole de Dieu.

- Une fois qu'on a réussi à disposer son esprit, il est important de préserver cet équilibre. Pour atteindre cet objectif, il est crucial d'unir ses efforts avec ceux de Dieu. Il faut également cultiver son intuition grâce à une profonde méditation sur les saintes Écritures, en pratiquant assidûment la prière et en prenant le temps nécessaire chaque jour pour se retirer dans un lieu calme et y chercher les directives du Saint-Esprit. David en est l'exemple parfait quand il dit : « *Ô Dieu ! Crée en moi un cœur pur, renouvelle en moi un esprit bien disposé* » [Psaume 51 : 12]. Prier quotidiennement, garde l'esprit réceptif aux pensées optimistes, sinon celles-ci se fanent peu à peu, perdant ainsi leur utilité. Dans cette situation, c'est plutôt notre âme qui prendrait le dessus, nous transformant en pantins guidés par nos sentiments. Notre corps est aussi un acteur clé, car ses exigences modulent profondément notre façon de réfléchir.

L'esprit peut demeurer éveillé en permanence et prêt à recevoir des révélations du Saint-Esprit grâce à une intuition accrue.

La connaissance intuitive

> Lequel des hommes, en effet, **connaît les choses de l'homme**, si ce n'est ***l'esprit de l'homme*** qui est en lui ? De même, personne ne connaît les choses de Dieu, si ce n'est l'Esprit de Dieu.
>
> — 1 Corinthiens 2 : 11

Que signifie connaître ?

Selon le dictionnaire Larousse, la connaissance se définit comme

Pneumatikos_l'homme spirituel

« l'exercice de la faculté qui permet de savoir et de différencier les objets ». C'est également un terme désignant notre compréhension d'une personne ou d'une chose, ou bien le processus même de cette compréhension. Cette définition rejoint celle du mot grec *« diagnosis »*, qui signifie « distinction » ou « capacité de connaître avec précision ».

Cette définition se concentre sur un savoir acquis, qu'il provienne de l'apprentissage ou d'une prédisposition génétique. Cependant, il existe une forme supérieure de savoir, au-delà de la compréhension de l'être humain. Ce type de savoir n'est pas tributaire des sens ni de la compréhension intuitive, mais plutôt inspiré par une révélation divine, voire une connaissance spirituelle. Cette forme de savoir est transmise par le biais de la communication avec le Saint-Esprit, représentant une sagesse qui dépasse toute intelligence rationnelle.

*Mais, comme il est écrit, ce sont des choses que **l'œil n'a point vues**, que **l'oreille n'a point entendues**, et qui ne sont point **montées au cœur de l'homme**, des choses que Dieu a préparées pour ceux qui l'aiment. Dieu nous les a **révélées par l'Esprit**. Car l'Esprit sonde tout, même les profondeurs de Dieu.*

— 1 Corinthiens2 : 9-10

La connaissance spirituelle est un phénomène qui échappe à la perception visuelle et auditive, ainsi qu'à la compréhension intellectuelle de l'être humain. Seuls ceux qui aiment profondément Dieu peuvent y accéder, guidés par le Saint-Esprit. Cette forme d'apprentissage transcende notre faculté sensorielle, exigeant plutôt une immersion dans le domaine spirituel.

La connaissance des choses spirituelles ?

Pneuma_l'esprit

> *À celui qui peut vous affermir selon mon Évangile et la prédication de Jésus Christ, conformément à **la révélation du mystère caché** pendant des siècles, mais manifesté maintenant par les écrits des prophètes, d'après l'ordre du Dieu éternel, et porté à la connaissance de toutes les nations, afin qu'elles obéissent à la foi.*
>
> — Romains 16 : 25-26

Dans ce passage, le terme « révélation » vient du grec « *apokalypsis* », qui se traduit par « dévoilement ». Ce type de connaissance, qu'il soit obtenu directement ou indirectement, découle de l'action de l'Esprit sur l'esprit humain. Il diffère fondamentalement de la compréhension acquise grâce à nos facultés cognitives ou perceptives. En d'autres termes, cette forme particulière de connaissance constitue un don divin, destiné à renforcer notre confiance en Sa Parole et à consolider notre foi envers Lui.

> *Et vous, leur dit-il, qui dites-vous que je suis ? Simon Pierre répondit : tu es le Christ, le Fils du Dieu vivant. Jésus, reprenant la parole, lui dit : Tu es heureux, Simon, fils de Jonas ; car ce ne sont pas la chair et le sang qui t'ont **révélé** cela, mais c'est mon Père qui est dans les cieux.*
>
> — Mathieu 16 : 15-17

L'acquisition de la révélation ne résulte pas d'études ou de recherches scientifiques, ni dans la lecture d'ouvrage contenant des secrets réservés à ceux qui sont appelés à gouverner. Dieu décide à qui faire grâce d'une révélation. Son bénéficiaire peut en ignorer totalement la portée ou en être complètement conscient, à l'instar de celui qui détient une parole de connaissance.

Pneumatikos_l'homme spirituel

*En effet, à l'un est donnée par l'Esprit une parole de sagesse ; à un autre, **une parole de connaissance**, selon le même Esprit.*

— 1 Corinthiens 12 : 8

C'est un morceau de la connaissance totale de Dieu qui est transmise aux humains par l'intermédiaire du Saint-Esprit au cours d'une révélation unique.

Le don de la prophétie est un cadeau du Saint-Esprit permettant à quelqu'un de partager avec les autres des informations provenant de l'esprit. Ces révélations peuvent porter sur des expériences passées que l'individu a vécues avant d'entrer en contact avec l'interlocuteur. Cette pratique n'est pas exclusivement réservée aux médiums. Elle s'adresse à tous les disciples de Christ. Il est vrai que les êtres humains ont tendance à s'inquiéter face à un avenir incertain, ce qui peut amener certaines personnes à se tourner vers des médiums pour obtenir des prédictions. Ce n'est pas la capacité de prédire l'avenir qui est la clé, mais plutôt l'entité qui réside en cet individu.

*Comme nous allions au lieu de prière, une servante qui avait un **esprit de python**, et qui, en devinant, procurait un grand profit à ses maîtres, vint au-devant de nous, et se mit à nous suivre, Paul et nous. Elle criait : ces hommes sont les serviteurs du Dieu très haut, et ils vous annoncent la voie du salut. Elle fit cela pendant plusieurs jours. Paul fatigué se retourna, et dit à l'esprit : je t'ordonne, au nom de Jésus Christ, de sortir d'elle. Et il sortit à l'heure même.*

— Actes 16 : 16-18

En vérité, la parole de sagesse est un cadeau divin capable de fournir des réponses aux divers défis qui se présentent. Prenez par exemple l'histoire de Joseph et du pharaon : l'Égypte faisait face à une grave sécheresse. Alors, Dieu insuffla à Joseph l'idée de prélever 25 % des récoltes pendant les sept années abondantes [Genèse 41 : 34]. Cet événement démontre clairement comment la parole de sagesse peut régler les problèmes d'un peuple entier pendant plusieurs années. Plutôt que de consulter des devins lorsque des obstacles surviennent, il serait plus avisé de s'adresser à Dieu, qui saura vous proposer des mesures pratiques, exemptes de toute douleur superflue. Contrairement à ce qu'on pourrait croire, Dieu n'est pas mort, mais bien vivant et éternel.

Quelle est l'importance de connaître ?

1) Pour ne pas périr

En 1997, je me souviens très bien d'une petite mésaventure. Mes parents m'avaient interdit de toucher à une prise électrique parfaitement exposée. J'ai décidé de braver leur interdiction et j'ai mis mes doigts humides sur la prise. J'ai reçu une forte décharge électrique, qui m'a fait reculer vivement. À présent, avec du recul, cette expérience anodine m'a permis de prendre conscience des dangers liés au non-respect des règles élémentaires de sécurité. S'il y avait eu plus d'ampères [courant], j'aurais pu en mourir.

Le livre d'Osée, au chapitre 4, verset 6, affirme : *« Mon peuple est détruit, parce qu'il lui manque la connaissance... »*. Cette citation montre que le manque de connaissance peut rendre une population vulnérable aux attaques extérieures. Les individus sans savoir deviennent des proies faciles pour ceux qui en ont. À titre d'enfants de Dieu, mais aussi comme héritier, il vous incombe d'acquérir les savoirs indispensables afin de mener à bien votre destinée. Gardez toujours à l'esprit ce dicton : *« Nul n'est censé ignorer la loi ! »* !

Pneumatikos_l'homme spirituel

L'ignorance, c'est comme marcher dans les ténèbres sans repères [Ésaïe 50 : 10]. On a l'impression d'être perdu, on ne sait plus où aller. Imaginez quelqu'un qui essaie de trouver son chemin en pleine obscurité, sans savoir si des obstacles ou des dangers se cachent sous ses pieds. Il pourrait facilement tomber, heurter un mur, trébucher sur une pierre. Ce serait encore pire s'il tentait de guider quelqu'un d'autre, alors qu'il est lui-même totalement désorienté.

2) *Être fort et ferme*

> *La connaissance peut vous donner une certaine assurance et fermeté.*

> *Il séduira par des flatteries les traîtres de l'alliance. Mais ceux du peuple qui **connaîtront** leur Dieu agiront avec **fermeté**.*

> — Daniel 11 : 32

Selon les Saintes Écritures, ceux qui ont une profonde compréhension de leur Dieu accomplissent des exploits et deviennent forts. Ce pouvoir n'est pas lié au renforcement musculaire, mais englobe la puissance spirituelle, capable d'accomplir des actes défiant l'entendement humain. C'est grâce à sa maîtrise de ces forces surnaturelles que Jésus-Christ s'est soumis volontairement à la crucifixion, avant de ressusciter triomphalement et de recevoir la gloire suprême de son Père Céleste. De plus, on peut observer chez des personnages bibliques tels que Samson ou le roi David, une force hors norme, fruit direct de leur connaissance de Dieu et de leur relation intime avec Lui.

Les institutions mondiales actuelles s'enorgueillissent souvent de leur soi-disant force, qui découlerait de la formation d'alliances hétéroclites, appelées « force apparente » par Dieu. Toutefois, il ne faut pas perdre de vue que, lorsque ces mêmes organismes s'unissent

Pneuma_l'esprit

sans reconnaître la place centrale de Dieu, ils entravent directement sa volonté. Un exemple clair peut être trouvé dans la Bible, où un groupe d'hommes tenta de construire une tour qui toucherait le ciel. Or, le Seigneur mit fin à cette entreprise en dissipant leur unité et en semant le trouble, car ils avaient écarté Dieu de leurs plans et négligé de solliciter son consentement. Bien que ces entités politiques créées croient être des constructions humaines issues de l'esprit des plus brillants, elles doivent garder à l'esprit que la Terre, elle, appartient à Dieu.

L'apparente puissance de ces entités s'avère être une tromperie. Ce sont ceux qui ont une profonde compréhension de leur divinité qui seront véritablement forts. Cela ne signifie pas qu'il faille se tourner vers des idoles mensongères ou feindre d'en posséder une, mais plutôt reconnaître la véritable divinité, Dieu, ainsi que son fils, Jésus-Christ, au sein de chaque organisation.

3) Servir Dieu

Il n'y a pas de plus grand privilège que de servir Dieu en Jésus-Christ par son Esprit.

La connaissance n'a pas seulement été accordée pour assurer notre survie et accroître notre prestige. Elle nous a aussi été conférée pour servir Dieu et les autres. Le prophète osé a transmis les mots du Seigneur dans ces termes :

Puisque tu as rejeté la connaissance, je te rejetterai, et tu seras dépouillé de mon sacerdoce ; puisque tu as oublié la loi de ton Dieu, j'oublierai aussi tes enfants.

— Osée 4 : 6

Il est capital de comprendre la législation divine, autrement, on pourrait se retrouver sans sacerdoce royal et être exclu. Le sacerdoce est un titre que Dieu nous confère et qui nous permet d'entrer dans ses parvis et de le servir. Le perdre, signifie être complètement vulnérable face aux attaques de Satan. À ce stade, Dieu détourne le regard.

Dans l'Ancien Testament, Dieu s'est présenté à Moïse sous le nom de : « Je suis ». Cette révélation visait à informer Pharaon de Son existence et de Sa grandeur. Dieu ne nous a pas donné la lumière uniquement pour enrichir nos connaissances, mais bien pour que nous puissions le servir et lui rendre gloire.

Le manque de lumière est également synonyme de manque de connaissance, selon les propos d'Ésaïe 50 : 10. C'est pourquoi Paul met l'accent sur l'ignorance en tant que déficit de compréhension.

Si je suis un ignorant sous le rapport du langage, je ne le suis point sur celui de la connaissance, et nous l'avons montré parmi vous à tous égards et en toutes les choses.

—2 Corinthiens 11 : 6

L'aspect émotionnel de l'esprit

Le soupir

Pourquoi évoquer la notion de soupir de l'esprit plutôt que celui de l'âme, qui occupe une place centrale dans la Bible ? Dans ce texte, notre objectif n'est pas d'aborder le thème du souffle de l'âme, mais bien de mettre en évidence l'importance et l'utilité de celui de l'esprit. Quel rôle joue-t-il ? En quoi est-il bénéfique pour un individu de soupirer profondément en esprit ?

*Jésus **soupirant profondément en son esprit**, dit : Pourquoi cette génération demande-t-elle un signe ? Je vous le dis en vérité, il ne sera point donné de signe à cette génération.*

—Marc 8 : 12

Le soupir que nous émettons revêt plusieurs sens. En effet, tous les individus traversent des étapes marquées par la souffrance, le bonheur ou encore l'inquiétude. Et durant ces moments, ils ont une façon particulière de les exprimer à Dieu ou aux autres.

- Tout d'abord, examinons le soupir comme la façon dont on exprime un besoin profond [Psaume 42 : 2]. Soupirer après un bien, c'est avoir une aspiration, ressentir une faim, éprouver une soif ou encore l'expression d'un besoin intérieur. Cela montre que notre esprit peut communiquer, à sa manière, ce grand besoin qui nous habite. Quand on a un tel besoin, on peut s'adresser à Dieu en soupirant.

- Ensuite, voyons le soupir comme une expression d'une douleur ou d'une peine : l'expression hébraïque « *Anachah* » va encore plus loin, puisqu'elle peut exprimer un chagrin ou une détresse physique. De son côté, le mot grec « *Stenazo* » se rapproche littéralement du gémissement. On le retrouve naturellement dans le livre de 2 Corinthiens 5 : 2.

- Enfin, considérer le soupir comme une manifestation d'une attente : « *Je m'attends à ce que...* ». C'est comme un ouvrier qui soupire d'attente pour recevoir sa rémunération après un mois de travail mérité. De même, invoquez Dieu avec ferveur, en soupirant, pour qu'il active sa main et exauce vos prières

Pneumatikos_l'homme spirituel

[Job 7 : 2]. Sans attente, il n'y a pas de récompenses possibles. À l'instar du paralytique de la piscine de Bethesda, nourrissez l'espoir d'une guérison, et lorsque Jésus passera, vous recevrez enfin l'objet de votre plus grand désir.

Deux fois, l'Évangile selon Marc raconte que Jésus a profondément soupiré. La première occurrence se produit lorsqu'il s'adresse avec bonté et intercède pour un homme atteint de surdité et de mutisme. Plus tard, son soupir est suscité par l'incompréhension persistante des pharisiens, comme indiqué au chapitre 8, verset 12.

Pour arriver à la dimension d'être spirituel, il faut que les soupirs de votre esprit se superposent ou s'unissent aux soupirs de votre âme. En effet, il faut que l'esprit humain ait déjà fusionné au préalable avec le Saint-Esprit pour atteindre la dimension de Pneumatikos. Cependant, il est essentiel de noter qu'acquérir cette compréhension ne signifie pas nécessairement faire l'expérience de la fusion. Ainsi, sans avoir préalablement accepté Jésus-Christ comme Seigneur et Sauveur ni fait de place au Saint-Esprit dans votre cœur, ces informations peuvent rester des connaissances théoriques.

Le frémissement et le trouble

Le frémissement

Il est décisif de distinguer les émotions qui proviennent de notre esprit, de celles de l'âme. L'esprit est également capable d'éprouver des émotions. Avant la nouvelle naissance, il arrivait souvent que l'on confonde ces sentiments avec ceux de l'âme. Toutefois, après avoir accepté Jésus comme Seigneur et Sauveur, le Saint-Esprit commence à influencer nos émotions. Cette transformation graduelle affecte également l'âme durant votre vie.

Pneuma_l'esprit

Le terme « frémissement » trouve ses racines dans l'hébreu *« Ragaz »*, qui renvoie également aux concepts d'« agitation » et même de « colère ». Effectivement, lorsque Jésus frémit dans son esprit, il fut profondément indigné. Vous vous interrogez peut-être sur les raisons de cette réaction de Jésus, alors qu'il avait affirmé que la maladie de Lazare n'était pas destinée à la mort, mais plutôt à la gloire de Dieu. La vérité est que Jésus frémit intérieurement parce qu'il vit la détresse de Marthe et qu'il éprouva de la compassion pour elle. Jésus, tout comme chacun d'entre nous, possède un esprit, capable de ressentir des émotions.

*Jésus, la voyant pleurer, elle et les Juifs qui étaient venus avec elle, **frémit en son esprit**, et fut **tout ému**.*

—Jean 11 : 33

Le trouble

*Ayant ainsi parlé, Jésus fut **troublé** en son esprit, et il dit expressément : en vérité, en vérité, je vous le dis, l'un de vous me livrera.*

— Jean 13 : 21

L'origine étymologique du mot « trouble » se trouve dans le latin « *turbula* », qui signifie littéralement « petite foule ». Ce terme désigne un état de confusion, d'agitation, voire de désordre tel que les troubles d'audition, de vision, ou encore de système cardiovasculaire. Il peut également renvoyer à des tensions relationnelles, telles qu'une dispute, un malentendu, une discorde, une mésentente, ou même un conflit. Enfin, on peut associer le concept de trouble à des préoccupations mentales, comme l'anxiété, la nervosité, ou toute autre forme d'inquiétude.

Pneumatikos_l'homme spirituel

Avant que Jésus ne soit crucifié, l'Esprit Saint lui a prédit qu'un de ses disciples allait le trahir, provoquant chez lui une profonde nervosité et d'anxiété. Certaines personnes pourraient contester cette affirmation, estimant qu'il était impossible pour Jésus, en tant que divinité, de connaître la nervosité. Cependant, il est crucial de comprendre que Jésus s'est incarné afin de servir d'exemple à suivre. Par conséquent, nous devons imiter son attitude, celui de garder la parole de Dieu dans son cœur. Même face aux tentations, Jésus est resté maître de ses émotions, pardonnant et partageant son repas avec celui qui allait le trahir.

On peut éprouver de l'anxiété ou même de la nervosité, mais cela ne devrait pas être considéré comme intrinsèquement négatif. Ce qui importe vraiment, c'est d'éviter de s'enliser dans cet état, car cela pourrait conduire à une dépression. Le point de vue de la Bible est donc le suivant :

Si vous vous mettez en colère, ne péchez point ; que le soleil ne se couche pas sur votre colère.

— Éphésiens 4 : 26

Si L'esprit est continuellement agité, cela peut altérer notre faculté à saisir intuitivement les signes que Dieu cherche à nous transmettre par son Esprit. Par conséquent, nous devenons plus méfiants envers autrui et notre aptitude à distinguer le vrai du faux s'amenuise, car nous nous éloignons de la Parole, source de vie. Ainsi, il est utile de rester alerte, comme Jésus nous y exhorte : *« Soyez prudents comme des serpents et simples comme des colombes »*. Cette forme de prudence requiert une grande attention, de la réflexion et de la sagesse plutôt qu'un état de suspicion ou de crainte.

Pneuma_l'esprit

L'irritation

*Comme Paul les attendait à Athènes, il sentait au-dedans de lui son **esprit s'irriter**, à la vue de cette ville pleine d'idoles.*

— Actes 17 : 16

L'irritation, c'est cette sensation de bouillonnement, parfois même de colère. Elle peut être causée par l'impatience, comme lorsque Paul fut pris d'agacement devant la profusion d'idoles dans la ville, symboles qui suggéraient aux gens qu'ils n'avaient pas besoin de Dieu. De plus, on observe que Dieu se mit en colère sur le mont Sinaï en réaction à la rébellion et à la désobéissance de son peuple. Gardez toujours à l'esprit que Dieu est Esprit. N'oubliez pas non plus comment Jésus utilisait un fouet pour expulser les marchands du temple.

Pourquoi ces individus étaient-ils en colère ? Il ne s'agissait certainement pas de réactions provoquées par les injures proférées envers Paul ni parce que Jésus était incapable de commercialiser ses marchandises. En réalité, leur courroux provenait du fait qu'ils blasphémaient contre Dieu en fabriquant des statues, en sculptant une image d'un taureau d'or, puis en commettant des actions impies. De nos jours, Dieu est en colère devant tout ce qui se déploie dans le monde, comme la corruption morale, l'injustice, la débauche, les législations inéquitables, la cruauté envers les enfants, voire la famine. Paul éprouva un profond sentiment d'indignation, animé par l'Esprit de Dieu, envers les pratiques idolâtres répandues dans la cité.

La passion

Le concept de « passion » trouve son origine dans le mot latin

« passio », qui évoque l'idée de souffrance. Ce terme partage une racine commune avec le mot grec *« pathema »*, qui renvoie lui-même à la douleur. Cela dit, il convient de noter que, historiquement, la passion a souvent été perçue en référence à la souffrance endurée par Jésus-Christ, ainsi que par ses disciples. De plus, l'approche dichotomique de la passion ne se limite pas à la souffrance, elle inclut aussi le bonheur et le plaisir, tel qu'exprimé par le mot grec *« hedone »*.

*Il était instruit dans la voie du Seigneur, et, **fervent d'esprit**, il annonçait et enseignait avec exactitude ce qui concerne Jésus, bien qu'il ne connût que le baptême de Jean.*

— Actes 18 : 25

Une personne passionnée est aussi quelqu'un dont l'esprit est fervent et qui éprouve un sentiment intense, qu'il soit de la dévotion, de la flamme ou de l'ardeur. Par exemple, un footballeur passionné, qui a consacré toute sa vie à ce sport, prend très au sérieux son travail. Cependant, les raisons qui le poussent peuvent être multiples : cela peut être la recherche de la gloire, le simple plaisir de jouer, l'amour du jeu ou encore l'appât du gain.

Le récit des Actes nous révèle l'existence d'Apollos, un juif érudit originaire d'Alexandrie qui a été élevé dans la voie du Seigneur. Bien qu'il n'ait jamais rencontré Jésus-Christ en personne, il ne connut que le baptême de Jean. Malgré cela, il diffusait avec précision, ardeur et éloquence les enseignements du Christ [Actes 18 : 23-25]. Cette passion qui animait son esprit provenait de son profond amour pour le Seigneur. C'est précisément celle-là qu'il faut faire grandir et entretenir dans notre cheminement spirituel.

La question suivante nous permettra de sonder les sources réelles

Pneuma_l'esprit

de nos motivations. D'où vient cette étincelle qui vous anime en permanence ? Est-ce votre esprit ou votre âme qui est à l'origine de vos passions ? En réalité, l'origine de vos passions façonnera votre personnalité. Il est essentiel de s'interroger sur les motivations profondes qui vous incitent à agir. Est-ce pour l'argent ou parce que vous appréciez réellement cette activité et que vous vous y épanouissez ? Dans vos liens interpersonnels, avez-vous de véritables sentiments passionnés et dévoués pour les autres, ou est-ce simplement une façade pour préserver une image ? En répondant à ces interrogations, vous serez en mesure de donner un sens réel à votre vie.

Apollos ne poursuivait pas la richesse lorsqu'il proclamait l'Évangile. En effet, à cette époque, prononcer le nom de Jésus était considéré comme impopulaire, voire même dangereux. Alors, quel profit pouvait-il espérer ? Apollos incarne un individu animé par sa ferveur pour son message, dénué de toute cupidité. Il démontre ainsi que la passion qui émane de l'esprit peut être authentique et exempte de toute tromperie.

Il est triste de constater que, parfois, il est plus facile pour nous de nous réjouir du malheur d'autrui que de l'aider. Peut-être est-ce une réaction à nos propres traumatismes. Ce n'est pourtant pas le genre de comportement que prône Jésus, et cela devrait être un exemple pour nous. En tant qu'hommes spirituels, nous devons rediriger notre ardeur, notre enthousiasme, notre élan et notre chaleur vers ceux qui sont dans l'obscurité, selon les mots d'Ésaïe :

*L'esprit du Seigneur, l'Éternel, est sur moi, car l'Éternel m'a oint pour porter de **bonnes nouvelles aux malheureux** ; il m'a envoyé pour **guérir ceux qui ont le cœur brisé**, pour **proclamer aux***

Pneumatikos_l'homme spirituel

*captifs la liberté, et aux **prisonniers la délivrance** ; pour publier une **année de grâce** de l'Éternel, et un **jour de vengeance** de notre Dieu ; pour **consoler tous les affligés** ; pour accorder aux affligés de Sion, pour leur donner un diadème au lieu de la cendre, une huile de joie au lieu du deuil, un vêtement de louange au lieu d'un esprit abattu, afin qu'on les appelle des térébinthes de la justice, une plantation de l'Éternel, pour servir à sa gloire.*

— Ésaïe 61 : 1-3

Cinq objets de passion de l'esprit

1) Proclamer de bonnes nouvelles aux malheureux

De nombreuses personnes à travers le monde ressentent de la tristesse et ont besoin d'entendre la bonne nouvelle de l'Évangile. Ce message divin a le pouvoir de changer le destin d'une personne. Si vous lisez ceci, il y a des chances que ce livre puisse répondre à certaines de vos questions. La bonne nouvelle, c'est aussi aider les pauvres et les personnes démunies.

Lorsque vous abordez un sans-abri qui n'a pas de quoi se nourrir ou se loger, il ne s'attend pas à ce que vous lui racontiez l'histoire de l'Église ou parliez de sujets spirituels. Il s'attend plutôt à ce que vous lui donniez de l'argent pour qu'il achète de la nourriture ou à ce que vous lui offriez un repas et même un hébergement pour la nuit. En vérité, après avoir prêché la bonne nouvelle aux gens, Jésus leur a donné de la nourriture [Luc 9 : 10-17]. Un individu ne peut se vanter d'être spirituel s'il reste insensible à la détresse de ses semblables.

2) Guérir les cœurs brisés

Les individus qui luttent contre la dépression peuvent découvrir

Pneuma_l'esprit

dans le Christ un remède spirituel pour guérir leur cœur. Ce terme « cœur » ne se réfère pas nécessairement au cœur musculaire, bien que Jésus puisse aussi guérir les maladies cardiaques si l'on y croit.

Effectivement, la Bible considère le cœur comme le siège des pensées et des sentiments, bons ou mauvais, des décisions de la volonté et des prises de conscience morales. Que ce soit une blessure causée par une rupture amoureuse ou des conflits dans les relations parent-enfant, Dieu a le pouvoir de la guérir par son Esprit.

On peut lire dans le Psaumes 147, verset 3, que « *[Dieu] guérit ceux qui ont le cœur brisé et [qu'il] panse leurs blessures* ». De plus, les Psaumes 34 : 19 déclarent que « *Dieu est près de ceux dont le cœur est brisé* ». Ainsi, en ayant foi en lui, on peut surmonter les traumatismes du passé.

Il faut se souvenir que Dieu possède le pouvoir de soigner tous les cœurs, peu importe l'étendue ou la gravité des blessures. Cependant, il est important de comprendre qu'il ne peut pas vous guérir si vous ne le souhaitez pas vous-même. Tout commence par votre volonté : si vous la possédez et que vous mettez tout en œuvre, il vous guérira.

3) Proclamer la liberté aux captifs et la délivrance aux prisonniers

La liberté évoquée universellement s'avère souvent être une chimère. En réalité, l'authentique autonomie prend racine en soi, qu'il s'agisse de la libération d'esprit, de la libre circulation des idées, ou encore du pouvoir de décision. Sans l'inspiration divine, point de véritable liberté. Il est crucial de cultiver son propre esprit avant même de songer à une liberté hypothétique ou idéalisée. Ce concept n'a rien à voir avec la liberté des détenus de Guantanamo, qui sont confinés dans des cages physiques. Il s'agit plutôt d'une prison qui va au-delà du physique, une prison mentale, émotionnelle et même psychologique qui vous prive de tout bonheur et de toute paix.

Chaque enfant de Dieu est libéré par Jésus-Christ, afin de jouir d'une existence libre. Cette prise de conscience les protège contre une nouvelle forme d'asservissement. Avant de connaître le Christ, nous étions asservis au péché et au monde ; mais la libération est arrivée aussitôt que nous avons donné notre vie au Seigneur. En effet, seule la présence de l'Esprit Saint peut nous affranchir réellement. C'est pourquoi l'apôtre Paul a écrit ces mots aux Corinthiens :

*Le Seigneur ici, c'est l'Esprit Saint. Et quand l'Esprit du Seigneur est présent, la **liberté** est là.*

— 2 Corinthiens 3 : 17 [Version Parole De Vie 2017]

Il ne s'agit pas de remettre en question la légitimité de la liberté d'une nation ou d'une personne en soi. Bien au contraire, c'est un droit fondamental pour chaque être humain. Malheureusement, beaucoup de nos frères et sœurs à travers le monde sont victimes de la dépendance aux drogues, à l'alcool, ou encore à d'autres substances néfastes. Ils se sentent pris au piège, sans savoir comment s'en sortir. Aimez-les, ayez compassion d'eux et priez pour leur délivrance. Nous sommes d'accord pour dire qu'il s'agit d'un véritable privilège de résider dans un pays paisible où l'on peut se promener sans crainte sur les trottoirs. C'est pourquoi vous devez chercher le bien de votre nation.

4) *Publier une année de grâce et un jour de vengeance pour Dieu*

Le terme « grâce » peut désigner l'aspect esthétique d'un objet, évoquant la beauté, l'attrait et le charme. Par ailleurs, dans un

Pneuma_l'esprit

contexte moral, il renvoie principalement à la faveur et à la bienveillance témoignées par autrui. C'est pourquoi les Écritures utilisent l'expression « *trouver grâce aux yeux de quelqu'un, devant le peuple, etc.* ». Cette expression revêt aussi un aspect social, car certains considèrent qu'adopter une attitude courtoise, en répondant avec élégance à leurs interlocuteurs, témoigne de grâce [Colossiens 4 : 6]. Dans un contexte purement religieux, cela désigne l'attitude bienveillante de Dieu envers les humains, reflétant une façon d'être et d'agir animée par l'amour. Cela implique que Dieu élève l'homme, ignorant les conventions établies [telles que la législation, la justice ou encore le péché].

Par exemple, la clémence présidentielle autorise le chef d'État à exempter un prisonnier de sa peine. Rappelez-vous l'histoire du dernier condamné à mort en France, qui remonte à 1980. Le français Philippe Maurice, condamné pour avoir tué deux policiers, a finalement bénéficié d'une grâce présidentielle accordée par François Mitterrand en 1981. Sa peine de mort a ainsi été commuée en une peine d'emprisonnement à perpétuité. Cet exemple montre que, même entre hommes, certains peuvent décider de clémence lorsqu'ils détiennent le pouvoir.

En matière de croyance, lorsque nous nous engageons dans une activité guidée par la grâce de Dieu, le produit de notre labeur connaît une croissance remarquable. De plus, Dieu distribue ses bienfaits à qui il veut, que ce soit aux gens de bien ou aux méchants. Il est de notre responsabilité d'annoncer Christ, pour qu'il règne sur l'ensemble de la terre. Cependant, votre message sera inefficace si vous ne montrez pas de compassion envers les autres.

5) *Pour consoler les affligés*

Pneumatikos_l'homme spirituel

Consolez, consolez mon peuple, Dit votre Dieu.

— Ésaïe 40 : 1

Une personne profondément attristée par une épreuve peut en être durablement affectée. Ces individus peuvent ressentir de la tristesse, de la confusion, de la détresse ou même du désespoir. Bien que le soutien de l'Esprit saint soit essentiel pour surmonter les épreuves pénibles, il est également possible d'apporter une contribution précieuse à leurs côtés. De plus, nous avons la capacité de les encourager grâce à notre savoir, notre affection et notre croyance. Nous pouvons ainsi suivre l'exemple de Pierre, qui a soigné un handicapé [Actes 3 : 6]. Nous devons également être disposés à offrir notre soutien, pas uniquement sous forme de ressources matérielles, mais aussi en témoignant de l'affection et en encourageant ceux et celles qui en ont besoin.

Puisez l'inspiration dans l'exemple de Pierre, qui a généreusement partagé ce qu'il a reçu de Christ. Votre don n'est pas nécessairement matériel ; il peut s'agir aussi de conseils ou d'amour, susceptibles d'apaiser et de consoler les autres. Prenez conscience de la richesse que vous avez acquise, afin de pouvoir la restituer à ceux qui en ont besoin. Une fois cette étape franchie, vous serez en mesure d'aider ceux qui en ont besoin.

Comment reconnaître une émotion qui vient de l'esprit ?

Il est essentiel d'harmoniser nos émotions avec celles du Christ, sinon, il faut les repousser par la prière. Mais quels étaient les sentiments qui habitaient Jésus [Philippiens 2 : 5] ? Voici ce dont l'Esprit peut vous inspirer : l'amour, la joie, la paix, etc. Un exemple d'émotion qui procure un bien-être personnel est l'amour. En vérité, lorsqu'on aime comme Jésus, on parvient à cet état d'équilibre que tout individu désire atteindre. Néanmoins, il subsiste une question chez quelques-uns : comment osons-nous dire vouloir aimer Dieu, alors que notre haine ronge nos relations fraternelles ? Paul clarifie son message en proposant un exemple d'attitude appropriée envers son épouse :

> Maris, **aimez** votre femme, comme le Christ a **aimé** l'Église. Il a donné sa vie pour elle.
>
> — Éphésiens 5 : 25 [Version Parole De Vie 2017]

Nous serons certains que notre affection est désintéressée quand elle sera exprimée sans rien espérer en retour. De plus, la tendresse que nous avons pour les autres ne devrait pas être conditionnée par les avantages qu'ils pourraient nous procurer, mais plutôt parce qu'on les aime. Même si la Bible souligne l'importance de se rapprocher des personnes sages pour accroître sa propre sagesse, cette démarche doit émaner spontanément de notre profond désir de leur témoigner une affection inconditionnelle, à l'instar de celle que Jésus-Christ nous a démontrée.

Aimer, c'est refuser de présumer le mal en toutes circonstances. Cela demande obligatoirement de la retenue, de la délicatesse et une complète absence de préjugés. Le véritable amour inclut également le pardon. À l'image de la manière dont Jésus nous a pardonné, il est crucial que nous puissions manifester la même bonté. Pour y parvenir, une nouvelle naissance s'impose, permettant au Saint-Esprit de nous donner la capacité de pardonner. Il est au-delà de nos capacités de pardonner par nous-mêmes. Toutefois, la volonté de pardonner est suffisante pour déclencher l'intervention divine. Dès que Dieu perçoit notre désir, il agit, mais seulement si nous sollicitons son assistance.

> *L'amour est* ***patient****, l'amour* ***rend service****. Il n'est pas* ***jaloux****, il ne se* ***vante pas****, il ne se gonfle pas* ***d'orgueil****. L'amour ne fait rien de honteux. Il ne cherche pas son* ***intérêt****, il ne se met pas en colère, il ne se souvient pas du mal. Il ne se réjouit pas de l'injustice, mais il se réjouit de la vérité. L'amour excuse tout, il croit tout, il espère tout, il supporte tout. L'amour ne disparaît jamais.*
>
> — 1 Corinthiens 13 : 4 – 8 [Version Parole De Vie 2017]

Le siège de la communion

> *La communion avec Dieu le Père par l'Esprit de Christ nous permet de nous imprégner du cœur de Dieu et d'avoir accès à des choses que l'œil n'a point vues, que l'oreille n'a point entendu et qui n'est point monté dans le cœur de l'homme.*

Le terme « communion » trouve son origine dans le grec « *koinonos* », qui se traduit littéralement par « associé », « partenaire », « camarade » ou « compagnon ». Par conséquent, une communication peut être définie comme un acte de participation, de collaboration ou d'association. Dans ce contexte, je définirais la communion comme une alliance avec Dieu par l'intermédiaire du Saint-Esprit.

Pour établir un contact fructueux avec les habitants suisses, il est impératif de connaître au moins une des quatre principales langues du pays, soit le français, l'allemand, l'italien ou le romanche. Pour communiquer avec Dieu, il est nécessaire de s'aligner sur lui, d'utiliser son vocabulaire et de partager une nature similaire à la sienne, ce qui nous permettra de le saisir. Grâce à la révélation divine et à l'intelligence spirituelle, nous avons la capacité de saisir les mystères que l'Esprit Saint dévoile.

Pour nouer des liens solides à long terme avec un allié, peu importe le domaine, il est crucial de bien comprendre cette personne, ses aspirations, ses préférences et ses répugnances. Vous devez tenir compte de ses besoins pour que la collaboration soit mutuellement bénéfique. Dans une relation de communion avec un partenaire, les deux parties apprennent à se connaître et à se comprendre mutuellement. Cependant, dans notre relation avec Dieu, c'est nous qui désirons l'approcher et le comprendre. En vérité, il nous avait déjà connus avant même notre venue au monde.

Dans un couple, la communication est cruciale : si elle s'arrête, la relation s'effondre. Pour établir une connexion profonde avec son partenaire, il est essentiel de maîtriser son mode de communication et de satisfaire ses désirs.

Quelques manières de communier avec Dieu ?

La communion fraternelle et celle avec le sang et le corps de Jésus sont deux moyens pour établir une connexion avec Dieu. Surtout, n'oubliez pas la prière, qui vous aide à vous connecter à Lui. En effet, *« là où deux ou trois sont réunis en mon nom, je suis au milieu d'eux »*. Participer au sacrement de la sainte cène vous permet de maintenir une communion constante avec Dieu. En la prenant, vous vous souvenez que Jésus est mort sur la croix pour expier vos fautes et qu'il reviendra.

Pneumatikos_l'homme spirituel

*Ils persévéraient dans l'enseignement des apôtres, dans **la communion fraternelle**, dans la **fraction du pain**, et dans les prières.*

— Actes 2 : 42

*La coupe de bénédiction que nous bénissons, n'est-elle pas **la communion au sang de Christ** ? Le pain que nous rompons, n'est-il pas **la communion au corps de Christ** ?*

— 1 Corinthiens 10 : 16

1) La communion par la réjouissance

La joie que nous éprouvons en communion avec Dieu n'est pas déterminée par des événements extérieurs. Cela ne veut pas dire que nous ne devrions pas partager la joie des autres lorsqu'ils sont heureux ; la Bible nous exhorte à le faire en disant : *« Réjouissez-vous avec ceux qui se réjouissent »*. Il suffit de décider d'être joyeux pour que le Saint-Esprit puisse nous transmettre sa joie, peu importe la situation que nous traversons.

*Et mon esprit se **réjouit** en Dieu, mon Sauveur*

— Luc 1 : 47

En Suisse, j'ai été poursuivi pour avoir oublié de régler une échéance d'assurance maladie, alors que je venais tout juste d'arriver dans ce pays et que je n'avais pas encore trouvé d'emploi. Après avoir reçu la lettre de mise en demeure, je me suis senti profondément impuissant. Puis, soudainement, l'Esprit Saint m'a envahi d'une profonde joie et d'une paix apaisante. D'habitude, lorsqu'on apprend une nouvelle aussi préoccupante, on se demande comment elle va évoluer. Pourtant, ce n'était pas du tout mon cas : une profonde joie

Pneuma_l'esprit

m'envahissait, me remplissant de sérénité.

Cette expérience m'a permis de réaliser qu'il est important de ne pas laisser nos émotions être dictées par les événements du quotidien. Les difficultés auxquelles on peut faire face dans sa carrière professionnelle ou ses études peuvent sembler insurmontables, mais elles sont finalement secondaires. Ce qui compte vraiment, c'est de s'appuyer sur l'Esprit Saint pour que notre bonheur intérieur ne soit pas affecté par des facteurs externes. C'est le rôle de l'Esprit de Dieu de me remplir de joie. Depuis cet événement, je m'efforce de préserver une source de bonheur profond, peu importe ce qui se passe.

2) *La communion par l'adoration*

L'adoration consiste à témoigner son affection sincère pour quelqu'un ou à honorer et louer cette personne dans un contexte public. Elle permet aussi de souligner les vertus d'une personne.

Selon le dictionnaire Larousse, « adorer » signifie « rendre un culte à un dieu » ou « aimer passionnément ». Ce principe peut être mis en évidence grâce à divers exemples de dévotion à travers le globe. On peut citer un bouddhiste qui s'incline devant Bouddha, un chrétien qui s'incline devant Marie, la mère de Jésus, un musulman qui effectue les sept tours autour de la Kaaba à La Mecque, ou encore ceux qui se prosternent devant des astres, des bêtes, des arbres, etc. Dans chacun de ces scénarios, on peut parler de culte d'adoration.

Qui devrait-on adorer ?

Chaque communauté ou croyance a ses motifs spécifiques pour vénérer ses divinités. Adorer est un choix que nous faisons, ou non. Nous sommes tous, d'une manière ou d'une autre, des adorateurs. La

Bible dit ceci à propos de Jésus :

*Jésus lui répondit : il est écrit : tu **adoreras le Seigneur**, ton Dieu, et tu le serviras lui seul.*

— Luc 4 : 8

Personnellement, j'ai découvert que Jésus était le fils du Dieu sage, celui qui a sacrifié sa vie sur la croix pour notre salut. Je reconnais que le Père est le véritable Dieu ; il n'y en a pas d'autres ! Il est l'origine et la finalité, le premier et le dernier, le lion de la tribu de Juda, et il sera le juge du monde. Je suis dévoué au Dieu le Père, au Fils et au Saint-Esprit.

Certains pourraient percevoir cela comme de l'extrémisme, mais c'est simplement reconnaître la vérité suprême. Il est crucial de souligner que Dieu nous a accordé le pouvoir de décision, toutefois, il est manifeste que nous devons Lui vouer un culte exclusif. Certaines personnes décident de vénérer des divinités différentes, mais elles seront tenues de répondre de leurs actions et de leurs décisions en fonction du code moral établi dans les Saintes Écritures, que ce soit pour les adeptes du bouddhisme, du christianisme, de l'islam, de l'athéisme, de l'animisme, de l'orthodoxie, du catholicisme, du protestantisme, etc.

Comment et où devrait-on l'adorer ?

*L'heure vient, et elle est déjà venue, où les vrais adorateurs adoreront le Père en **esprit et en vérité** ; car ce sont là les adorateurs que le Père demande. Dieu est Esprit, et il faut que ceux qui l'adorent, l'adorent en **esprit et en vérité**.*

— Jean 4 : 23-24

Pneuma_l'esprit

Ces propos font écho à la conversation entre Jésus et une samaritaine qui lui a demandé où il fallait adorer Dieu. Il lui répliqua qu'il cherchait des adorateurs authentiques qui l'honorent de tout leur cœur et de toute leur âme. Autrement dit, l'adoration devrait être profonde et sans équivoque. De cette manière, le culte des fidèles est une fragrance exquise pour Dieu. En effet, il est primordial d'adorer Dieu en esprit, en s'engageant entièrement et avec ferveur, car Dieu regarde au-delà de l'apparence et examine le cœur [1 Samuel 16 : 7]. L'adoration en esprit doit provenir du plus profond de notre être.

Ensuite, adorer Dieu en vérité, c'est le connaître. « *Vous adorez ce que vous ne connaissez pas ; mais nous, nous adorons ce que nous connaissons* » [Jean 4 : 22]. Il est impossible d'adorer un Dieu dont on ignore tout. Les deux aspects sont donc essentiels : l'esprit et la vérité. L'esprit sans la vérité peut conduire à une expérience émotionnelle superficielle. Enfin, communier dans l'adoration, c'est entretenir une relation intime avec Dieu, dans notre esprit. C'est une démonstration d'affection et de ferveur qui doit être sincère et guidée par l'Esprit Saint.

Qui sont les vrais adorateurs ? ceux qui adorent Dieu en esprit et en vérité

a) Les anges adorent en esprit et en vérité : « *Et lorsqu'il introduit de nouveau dans le monde le premier-né, il dit que tous* **les anges de Dieu l'adorent** » [Hébreux 1 : 6].

b) Les vingt-quatre vieillards : « *Les vingt-quatre vieillards se prosternent devant celui qui est assis sur le trône et* **ils adorent celui qui vit aux siècles des siècles,** *et ils jettent leurs couronnes devant le trône, en disant* » [Apocalypses 4 : 10].

c) Tous les hommes devraient adorer Dieu : « *Il disait d'une voix* *forte : Craignez Dieu, et donnez-lui gloire, car l'heure de son jugement est venue ; et **adorez celui qui a fait le ciel**, et la terre, et la mer, et les sources d'eaux »* [Apocalypses 14 : 7].

Selon Jean, Dieu a créé l'être humain pour l'adorer, car cela se fait en esprit. Effectivement, s'approcher de Dieu par l'adoration permet d'accueillir sa souveraineté sur terre et dans notre quotidien. L'adoration ne se limite pas à la création de mélodies et de sons harmonieux, mais consiste également à offrir son cœur à Dieu, comme un parfum agréable. Dieu ne se préoccupe pas de l'apparence physique, mais plutôt du cœur. Lorsqu'on invite Dieu à régner en nous par le biais de la dévotion, on lui rend un hommage digne d'un souverain. En d'autres termes, c'est ainsi que l'être humain a été créé.

Autres caractéristiques de la communion

Le Service

*Dieu, que je **sers** en mon esprit dans l'Évangile de son Fils, m'est témoin que je fais sans cesse mention de vous.*

— Romain 1 : 9

Quelqu'un peut aspirer à être le meilleur ; pour y parvenir, il doit devenir le serviteur des autres. De la même manière, si notre aspiration est de servir Dieu, nous devons commencer par servir ceux qui sont autour de nous. Selon Jésus, être un leader, c'est se mettre au service des autres. Il l'illustre en ces termes : « *Celui qui veut être parmi les premiers doit être le serviteur de tous* » [Matthieu 20 : 27].

Le chant et l'action de grâce

Je chanterai par l'esprit.

Pneuma_l'esprit

— 1corinthiens14 : 15

*Autrement, si tu **rends grâces par l'esprit**, comment celui qui est dans les rangs de l'homme du peuple répondra-t-il amen ! à ton action de grâces, puisqu'il ne sait pas ce que tu dis ?*

— 1 Corinthiens 14 : 16

Le chant est encore un autre moyen de célébrer Dieu par notre esprit. Chanter en esprit, c'est comme élever la voix en langue de feu, comme ce fut le cas des disciples à la Pentecôte. Nous avons reçu l'Esprit d'adoption, c'est-à-dire le Saint-Esprit. Lorsqu'il arrive, il s'unit à notre esprit, nous permettant ainsi de crier « Abba ! », « Père ! ». Les hymnes glorifient les prouesses de Dieu et son action sur Terre. On peut les chanter avec intelligence ou avec l'esprit.

On peut également remercier Dieu par l'esprit, en dialoguant directement avec lui et en établissant ainsi une relation profonde.

La rencontre en esprit : le transport spirituel

Le « transport spirituel », également connu sous le nom de « rencontre en esprit », est une expérience vécue par Philippe et d'autres personnes, notamment Daniel, Ésaïe, Jean et Ézéchiel. Le Saint-Esprit a emmené Philippe pour qu'il prêche l'Évangile et qu'il rencontre l'eunuque éthiopien, comme le relate la Bible [Actes 8 : 39].

L'histoire commence lorsque l'ange du Seigneur apparaît à Philippe et lui dit d'aller vers le Sud, jusqu'à la ville de Gaza. En chemin, il rencontre un eunuque éthiopien qui lit les prophéties d'Ésaïe. Inspiré par l'Esprit saint, Philippe s'approche du chariot du noble étranger. Ce dernier interroge le jeune homme sur la

Pneumatikos_l'homme spirituel

compréhension qu'il a pu tirer de sa lecture. Philippe saisit ainsi cette occasion pour prêcher l'Évangile et administrer le sacrement du baptême. Après avoir été baptisé, Philippe disparaît mystérieusement, entraîné par l'Esprit du Seigneur. Cette histoire est stupéfiante : certains y verront même une manifestation démoniaque. Pourtant, attribuer cette action au malin serait minimiser la grandeur de Dieu, puisque c'est Lui qui en est à l'origine.

*Et il me **transporta en esprit** sur une grande et haute montagne. Et il me montra la v1ille sainte, Jérusalem, qui descendait du ciel d'auprès de Dieu, ayant la gloire de Dieu.*

— Apocalypses 21 : 10

Pneuma_l'esprit

Chapitre 3

Psuche_l'âme

L'âme de la chair est dans le sang

Le mot « âme » vient du grec *psyché*, qui désigne habituellement la « vie ». C'est le centre de notre personnalité, la partie psychique de notre être et notre égo. L'âme est localisée dans le sang, tout comme la vitalité de la chair, conformément à l'affirmation suivante :

> *En effet, c'est dans le sang que se trouve la vie [âme] d'un être. Oui, le sang obtient le pardon des péchés parce qu'il porte la vie.*
>
> — Lévitique 17 : 11 (Version Parole De Vie 2017)

En examinant les Saintes Écritures, j'ai identifié trois aspects clés concernant l'âme. Bien qu'il en existe d'autres, nous nous concentrerons sur ces trois en particulier. De plus, je suis persuadé que le Saint-Esprit peut vous révéler des éléments plus profonds que ceux abordés dans ce chapitre. Je vous encourage donc à lire attentivement, en faisant preuve de discernement, et en laissant l'Esprit de Dieu vous guider. Voici donc ces trois aspects clés :

- Le centre de la pensée rationnelle et de la connaissance, également appelé le « siège de l'intelligence ».

- Le cœur de la volonté, qui englobe la prise de décision, le libre arbitre et le bon plaisir.

- Le domaine des émotions et des affections, souvent désigné comme le « siège des sentiments ».

Le siège de l'intelligence

Avant d'entrer dans le vif du sujet, il faut étudier les divers aspects de l'intelligence. Cette expression prend plusieurs significations selon le contexte et l'interprétation. Voici quelques-unes de ces expressions, qui ne sont pas exhaustives.

Le premier concept provient du mot grec *« noeo »*, qui signifie « comprendre » ou « faire preuve de prudence ». Le deuxième concept découle du mot grec *« phronesis »*, qui désigne la sagesse, la prise de décisions judicieuses ou encore la maîtrise de soi. Le troisième concept est issu du mot grec *« epignosis »*, qui renvoie à la connaissance, à la capacité de comprendre quelque chose. Enfin, le dernier concept est tiré du mot grec *« nous »*, qui évoque le sens commun, le jugement ou encore le bon sens.

Connaissance mentale, sensorielle ou naturelle : Epignosis

*La **connaissance** fera les délices de ton âme.*

— Proverbes 2 : 10

Le terme *« epignosis »*, que l'on trouve dans le Nouveau Testament, désigne la connaissance des choses divines ou morales. Toutefois, la révélation de la connaissance des choses divines est tributaire de l'Esprit. Quant à la seconde définition de *« epignosis »*, il s'agit de la connaissance des choses morales. Il s'agit d'une connaissance scientifique et théorique qui est obtenue par l'intermédiaire de nos cinq sens [la vue, l'ouïe, le toucher, le goût et l'odorat]. Elle correspond à des informations stockées, acquises et liées au monde naturel. Son acquisition exige un apprentissage et une discipline.

On ne peut pas comprendre Dieu et sa sagesse en se basant sur des données scientifiques ou perceptibles par les sens. En vérité, la connaissance complète de Dieu échappe à tout le monde. Bien que ces dernières puissent aider à expliquer des phénomènes, elles ne sont pas suffisantes pour nous permettre de comprendre Dieu. Elles ont leur importance dans notre vie quotidienne, car elles nous permettent de fonctionner dans le monde naturel, mais Dieu se situe bien au-delà.

Le manque de réflexion n'est pas bon. Quand on va trop vite, on fait des erreurs.

— Proverbes 19 : 2 [Version Parole De Vie 2017]

Acquérir des connaissances peut prévenir bon nombre de malheurs et de douleurs. Cependant, si elles sont utilisées à mauvais escient, elles peuvent vous nuire considérablement, voire blesser les autres. Soyez donc vigilant quant à ce que vous apprenez et demandez-vous pourquoi vous le faites.

La raison, la logique ou le bon sens (Nous)

Dans la Bible, le terme *« nous »* en grec revêt diverses

significations, telles que la raison, le discernement, la compréhension, la réflexion, l'intelligence et le bon sens. Nous nous pencherons uniquement sur la question de la logique ou du bon sens.

*Je ne suis point fou, très excellent Festus, répliqua Paul ; ce sont, au contraire, des paroles de vérité et de **bon sens** que je prononce.*

— Actes 26 : 25

Dans le passage des Actes, Paul met en évidence les notions de bon sens et de vérité, qui lui sont utiles pour convaincre Festus, gouverneur de la province de Judée. Bien que Dieu ait doté l'homme de la faculté de raisonner, celle-ci ne devrait jamais entrer en conflit avec la foi. Jacques aborde également les pièges du raisonnement trompeur, et nous exhorte à appliquer la Parole de Dieu plutôt qu'à l'écouter sans rien faire.

*Mettez en pratique la parole, et ne vous bornez pas à écouter en vous trompant vous-même par de **faux raisonnements**.*

— Jacques 1 : 22

Voici l'une de leurs interprétations : avant de mordre dans la pomme, Adam et Ève n'avaient même pas conscience de leur nudité et n'avaient donc aucune raison de se sentir coupables. Après leur désobéissance, leurs yeux se sont ouverts, ce qui leur a permis de comprendre la différence entre le bien et le mal. Ils ont alors saisi cette occasion pour blâmer chacun Dieu et le serpent qui se promenait dans le jardin, dans le but de se dédouaner de leur transgression de l'interdit.

La perte de leur nature divine initiale a entraîné une distorsion cognitive chez les descendants, due au péché. Par conséquent, il est impératif que le Saint-Esprit rafraîchisse notre esprit, et qu'il nous éclaire, car c'est ainsi seulement que nos décisions éviteront le désastre. Les choix que nous faisons, qu'ils soient bons ou mauvais, dépendent directement de notre processus de réflexion. Ce dernier peut être façonné soit par la puissance du péché, soit par le Saint-Esprit.

*Ne vous conformez pas au siècle présent, mais soyez **transformés par le renouvellement de l'intelligence**, afin que vous discerniez quelle est la volonté de Dieu, ce qui est bon, agréable et parfait.*

— Romain 12 : 2

Le siège de la volonté

Lorsqu'on examine attentivement la Parole de Dieu, on constate que le sujet de la volonté y est souvent abordé. On peut analyser ces différentes occurrences et les regrouper en quatre catégories distinctes, sans prétendre toutefois à l'exhaustivité.

- La volonté de Dieu : « *Car, quiconque fait la **volonté de Dieu**, celui-là est mon frère, ma sœur, et ma mère* » [Marc 3 : 35].

- La volonté de la chair : « *Mais à tous ceux qui l'ont reçue, à ceux qui croient en son nom, elle a donné le pouvoir de devenir enfants de Dieu, lesquels sont nés, non du sang, ni de la **volonté de la chair**, ni de la volonté de l'homme, mais de Dieu* » [Jean 1 : 12-13].

- Notre volonté : « *Je n'ai pas abandonné les commandements de ses lèvres ; j'ai fait plier **ma volonté** aux paroles de sa bouche* » [Job 23 : 12].

- La volonté du diable : « *Vous avez pour père le diable, et vous voulez accomplir les **désirs** de votre père* » [Jean 8 : 44].

En hébreu, « *Chephets* » exprime la volonté, qui se traduit par le terme « bon plaisir ». En grec, cette expression peut être interprétée de diverses manières.

La première correspond au mot « *boule* », qui désigne « une décision », un « dessein » ou encore une « résolution ». Il s'agit d'une forme de volonté délibérante. Ce terme grec dérive du verbe « *boulomai* », qui signifie « *vouloir avec affection* », une volonté affective. Le terme grec « *thelema* » possède deux significations distinctes. Il peut représenter « *ce que chacun désire ou a décidé de faire* », ou encore le « *choix et le désir* ». Il symbolise la volonté déterminante et agissante.

Selon le dictionnaire Robert, la volonté correspond à l'intention profonde d'une personne, qui se traduit par une décision concrète. Elle est également définie comme la faculté de vouloir, de se déterminer librement à agir ou à s'abstenir.

Le choix

*Vois, je mets aujourd'hui devant toi la vie et le bien, la mort et le mal... j'ai mis devant toi la vie et la mort, la bénédiction et la malédiction. **Choisis** la vie, afin que tu vives, toi et ta postérité.*

— Deutéronome 30 : 15 et 19

En effet, les choix peuvent être perçus comme des opportunités ou une variété d'options qui s'offrent à une personne, y compris à un croyant chrétien. Dieu a façonné l'homme à sa propre image et à sa

Pneumatikos_l'homme spirituel

propre ressemblance. Étant donné que Dieu possède sa propre liberté de décision, il a transféré ces mêmes attributs à l'être humain.

Au cours des différentes phases de la genèse, Dieu avait de nombreuses options et possibilités pour créer tous les éléments nécessaires à l'humanité en seulement six jours. L'ordre dans lequel ces éléments sont apparus est le résultat des choix effectués par Dieu parmi toutes les options qui lui étaient offertes en raison de sa toute-puissance. De ce fait, il incombe aux êtres humains de faire leurs propres choix dans divers aspects de leur existence, comme leur créateur.

*Écoutez, mes frères bien-aimés : Dieu n'a-t-il pas **choisi** les pauvres aux yeux du monde, pour qu'ils soient riches en la foi, et héritiers du royaume qu'il a promis à ceux qui l'aiment ?*

— Jacques 2 : 5

En raison de sa souveraineté, il a choisi les personnes les plus défavorisées selon les normes de la société, dans le but de renforcer leur foi. Vous avez sans doute eu plusieurs options lors du choix de votre cursus universitaire. Après avoir obtenu votre diplôme, de nombreuses opportunités s'offraient à vous sur le marché du travail. La vie nous présente un large éventail d'options : choix d'un domicile, d'un partenaire romantique... C'est pourquoi Dieu a déclaré : « *Je place devant toi le bien et le mal. Choisis-le bien !* ». Vous devrez prendre des décisions importantes tout au long de ta vie, mais faites-le avec soin.

> *Le choix est une préférence, mais ils ne devraient pas dépendre de nos préférences, mais par ceux de l'Esprit de Dieu en nous. Bien que nous soyons les seuls maîtres de nos choix, ils ne devraient pas entrer en conflit avec ceux de l'Esprit.*

Psuche_l'âme

Question ouverte et rhétorique

Est-ce déjà arriver que vous vous interrogiez sur les éléments qui sous-tendent vos différents choix ? Si oui, listez-les et réfléchissez-y.

La décision

> *L'ensemble de la vie d'un être humain se résume aux décisions qu'il a prises et qu'il continuera de prendre.*

*Qui n'avait point participé à la **décision** et aux actes des autres ; il était d'Arimathée, ville des Juifs, et il attendait le royaume de Dieu.*

— Luc 23 : 51

Chaque individu possède la capacité de prendre des décisions. L'acte d'acheter puis de s'engager dans la lecture de cet ouvrage est le fruit d'une détermination personnelle. Il en va de même lorsqu'on décide librement de placer sa foi en Jésus-Christ, notre Seigneur et Sauveur. Même si le Saint-Esprit nous a éclairés sur nos fautes, c'est bel et bien notre propre choix d'y renoncer. En revanche, choisir de ne pas croire en lui relève aussi d'une décision entièrement personnelle.

Examinons, par exemple, le récit de « L'enfant prodigue ». Un fils qui désirait obtenir sa part d'héritage pendant que son père était encore vivant. Celui-ci ne s'est pas fait prier pour la lui accorder, seulement pour voir plus tard ce capital dilapidé par son bénéficiaire imprudent.

Le jeune homme impétueux, animé par un sentiment exagéré

Pneumatikos_l'homme spirituel

d'orgueil, a résolu de gaspiller la richesse paternelle. Face à ce dilemme cornélien, il eut le choix entre persister dans sa fierté mal placée, ou plutôt, ravaler son égo en regagnant ses terres natales. C'est cette dernière option qu'il finit par embrasser, réalisant progressivement que son entourage était incapable de l'aider. Soudainement, une réminiscence surgissait : celle des traitements bienveillants accordés aux domestiques de son géniteur. C'est ainsi qu'il consentit à accepter, quel que soit le verdict qui allait être prononcé à son endroit.

Si vous étudiez la vie de Christ, vous remarquerez que ses miracles étaient rendus possibles grâce aux décisions prises par différentes personnes, comme la femme atteinte de perte de sang, l'aveugle Bartimée, la femme cananéenne, le lépreux, entre autres. Si vous voulez être guéri, c'est à vous de prendre une décision. C'est ainsi que Jésus-Christ opérait. Les miracles se produisaient en raison de la foi et de la décision de croire, ce qui menait à la guérison.

Par exemple, lorsqu'il a sélectionné ses disciples, leurs décisions de le suivre étaient clairement conscientes et délibérées. Jésus n'a fait qu'une seule proposition à Pierre et à ses compagnons : « *Suivez-moi, et je vous ferai pêcheurs d'hommes* » [Matthieu 4 : 19]. Pierre n'était pas obligé de l'accompagner, mais il l'a suivi parce qu'il en était profondément convaincu.

Ce qui me pousse à formuler cette interrogation : pourquoi reprochons-nous fréquemment à Dieu ou à autrui les épreuves difficiles que nous traversons dans notre existence ? Mieux vaudrait éviter cette tendance, puisque Dieu nous a gratifiés du libre arbitre. Par conséquent, lorsque nous commettons des erreurs, c'est souvent parce que nous avons manqué de demander son orientation.

Toutefois, il ne faut pas perdre de vue que Jésus-Christ s'est penché sur nos problèmes pour y remédier.

Dans la vie, nous sommes continuellement confrontés à des choix. Cependant, il est crucial de s'assurer que nos décisions soient guidées par la sagesse divine, ce qui permettra à l'Esprit Saint d'orienter les décisions prises par notre âme.

Le bon plaisir

> *Ne me livre pas au **bon plaisir** de mes adversaires, car il s'élève contre moi de faux témoins et des gens qui ne respirent que la violence.*
>
> — Psaumes 27 : 12

Les adversaires du roi David ont comploté pour l'accabler de fausses allégations, dans l'espoir de le renverser. Deux types d'individus émergent dans ce genre de situation : ceux qui trouvent leur satisfaction dans la tromperie et le mal, et ceux qui s'expriment avec intégrité. Il peut être ardu de rester authentique quand notre entourage n'encourage pas cette vertu. Toutefois, c'est un choix personnel que nous avons la capacité de faire. C'est dans cette optique que les Saintes Écritures nous exhortent à éviter la fréquentation des gens sarcastiques [Psaume 1 : 1].

D'où les questions suivantes : devrions-nous céder aux pulsions primaires de notre instinct animal, qui nous poussent à tricher, voler, etc., sans aucun scrupule ? Ou devrions-nous plutôt choisir la vertu et l'intégrité, en rejetant ces penchants bestiaux ? Devrions-nous prendre du plaisir à la détresse des autres, à leur faim, à leur destruction ? Ces questions nous invitent à réfléchir à notre nature profonde et à nos choix moraux.

Le siège de l'émotion et du sentiment

Le mot « sentiment » revêt diverses significations selon son contexte d'utilisation. Dans la Bible, trois types ont été relevés sans prétendre à l'exhaustivité — Le premier correspond à une compréhension profonde des valeurs morales [Éphésiens 4 : 19] — Le deuxième renvoie aux émotions nobles et mesurées mentionnées dans le Livre des Actes, chapitre 17, verset 11 — Le troisième regroupe tous les motifs qui nous incitent à l'action.

Ceux qui possèdent les sentiments de Christ considèrent les intérêts d'autrui avant les leurs. Cette façon de penser accroît notre humilité et notre obéissance, ce qui nous permet de mettre en pratique la parole de Dieu et de travailler à notre salut. Quand Paul encourage les Philippiens à adopter les mêmes dispositions que celles du Christ, il ne les invite pas seulement à réfléchir, mais aussi à passer à l'action.

Car je vous ai donné un exemple, afin que vous fassiez comme je vous ai fait.

— Jean 13 : 15

Le sentiment est un état affectif complexe et parfois durable lié à certaines émotions ou représentations. Selon le dictionnaire Larousse, les émotions sont des réactions affectives intenses et éphémères qui sont généralement déclenchées par des événements environnementaux.

Ces réactions sont influencées par des facteurs externes, c'est pourquoi des situations stimulantes peuvent susciter des sentiments de peur, de joie, de colère, de haine, d'amour. Toutefois, certains sentiments et émotions ne dépendent pas de facteurs extérieurs ; ils émergent et se développent en nous sous l'impulsion de l'Esprit de Dieu.

Mais le fruit de l'Esprit, c'est l'amour, la joie, la paix, la patience, la bonté, la bénignité (indulgence), la fidélité, la douceur, la tempérance.

— Galates 5 : 22

Analyser les qualités attirantes et répulsives de l'âme nous aide à saisir les sentiments qu'elles suscitent, tout en mettant en évidence les facteurs ayant contribué à leur émergence.

Les caractères sympathiques de l'âme

L'allégresse qui ravit l'âme

Compte tenu de la diversité des définitions et des éclaircissements associés au concept d'allégresse, nous avons choisi de nous en tenir à la définition grecque d'*Agalliasis*. Selon cette source, l'allégresse correspond à une joie extrême. Le peuple de Dieu était oint d'huile de joie lors des célébrations, comme le témoigne Hébreux 1 : 9, où Paul fait référence à cette onction d'huile en rapport avec l'exaltation du Fils de Dieu.

Tu aimes ce qui est juste, tu détestes le mal. C'est pourquoi Dieu, ton Dieu, t'a choisi pour lui en versant sur ta tête une huile de fête. Il t'a préféré aux autres rois.

— Hébreux 1 : 9 [Version Parole De Vie 2017]

Pneumatikos_l'homme spirituel

Toutefois, de nombreux imprévus peuvent survenir dans notre existence, entravant l'expression de la profonde joie que nous devons manifester en tant que disciples du Christ.

C'est dans cette optique que, lors de la célébration de la fête des Tabernacles, Néhémie, le gouverneur, Esdras, le sacrificateur, ainsi que les scribes et les lévites, ont instruit le peuple, comme le relate Néhémie 8 : 10. Ils les ont encouragés à ne pas se chagriner, car la joie du seigneur était leur force.

L'élan d'allégresse disparaît quand l'énergie s'épuise, mais la joie de Dieu insuffle une puissance inébranlable. Les gens exprimaient cette exultation lors de la commémoration annuelle de la Fête des Tabernacles, une tradition qu'ils n'ont jamais abandonnée, même face aux adversités et aux obstacles. C'est dans cet état d'esprit que, selon Salomon, un cœur joyeux constitue un excellent antidote [Proverbes 17 : 22].

Se délecter

Le mot « délecter » trouve son origine dans la langue grecque, plus précisément dans le terme *entruphao*, qui se traduit par « vivre dans l'opulence » et « éprouver du plaisir en faisant une activité ». Dans le passage d'Ésaïe, il est utilisé pour décrire le plaisir de savourer des plats exquis.

Écoutez-moi donc, et vous mangerez ce qui est bon, et votre âme se délectera de mets succulents.

— Ésaïe 55 : 2

Il est clair pour vous et moi que l'âme peut éprouver du bonheur dans de nombreuses situations. Ainsi, vous avez le choix entre nourrir

Psuche_l'âme

votre âme de joie, de paix, d'amour ou encore de jalousie, de haine et de colère, ce qui peut évidemment ruiner votre existence. Selon l'apôtre Pierre, certains éprouvent du plaisir à s'enfoncer dans la tromperie. Alors, laissez-moi vous poser cette question rhétorique, chers amis, de quoi votre âme se délecte-t-elle ?

Recevant ainsi le salaire de leur iniquité. Ils trouvent leurs délices à se livrer au plaisir en plein jour ; hommes tarés et souillés, ils se délectent dans leurs tromperies, en faisant bonne chère avec vous.

— 2 Pierre 2 : 13

Le désir de l'âme

Chacun de nous, êtres humains, éprouve des désirs profonds. Ces désirs se manifestent de diverses manières et peuvent être assouvis ou rester insatisfaits, être bénéfiques ou nuisibles. Ils constituent un aspect crucial de notre âme, influençant ainsi notre comportement. Comme le dit ce passage du livre d'Ésaïe.

*Mon **âme te désire** pendant la nuit, et mon esprit te cherche au-dedans de moi ; car, lorsque tes jugements s'exercent sur la terre, les habitants du monde apprennent la justice.*

— Ésaïe 26 : 9

Un profond désir vous incite à pousser un soupir : « *Mon âme soupire et languit après les parvis de l'Éternel, mon cœur et ma chair poussent des cris vers le Dieu vivant* » [Psaumes 84 : 3].

Selon le dictionnaire de l'Académie française, le désir est une vive aspiration à posséder un objet, un bien ou un avantage. Il peut s'agir du gain, des richesses, des honneurs, du savoir, du bien ou même de

Pneumatikos_l'homme spirituel

Dieu. Dans certains cas, il se rapporte au vœu et au souhait. Le désir peut être vif, ardent ou modéré.

Vous pouvez apprendre à désirer Jésus-Christ et à vouloir faire du bien aux nations. Lorsque votre aspiration est en accord avec la volonté de Dieu, il vous donne les désirs profonds de votre cœur [Psaumes 37 : 4]. Il arrive que les souhaits profonds de notre cœur se réalisent, bien que ceux-ci puissent entrer en conflit avec la volonté divine. Pour illustrer ce point, pensez à l'exemple de Moïse et du peuple d'Israël. Alors que Dieu voulait initialement les détruire [Exode 32 : 10-11], Moïse pria pour que leur vie soit épargnée.

Dans certaines circonstances, vous avez le pouvoir d'agir comme Moïse et de retourner la décision divine en votre faveur. Cela dépend de votre relation personnelle avec Dieu par le biais du Saint-Esprit. N'oubliez pas non plus le roi Ézéchias, à qui Dieu avait annoncé sa mort imminente. Il avait amené Dieu à changer d'avis à son égard. Il lui a également rappelé ce qu'il avait fait pour sa maison [Ésaïe 38 : 5].

Deux types de désirs

a) *Les désirs charnels* : ce type de désir est décrit par le mot grec *epithumeo*, qui signifie « convoiter » ou « avoir de la concupiscence ». C'est pourquoi Mathieu écrit : « *Mais moi, je vous dis que quiconque regarde une femme pour la convoiter (epithumeo) a déjà commis un adultère avec elle dans son cœur* » [Mathieu 5 : 28]. Dans d'autres contextes, on les désigne sous le nom de convoitises : « *Mais en qui les soucis du siècle, la séduction des richesses et l'invasion des autres convoitises (epithumia) étouffent la parole, et la rendent infructueuse* »

[Marc 4 : 19].

b) Les désirs spirituels : les désirs spirituels, quant à eux, incluent la soif et la recherche ardente du Seigneur. Chercher Dieu, c'est avoir soif des choses qui perdureront. *« Et nous ne portons pas notre attention sur les **choses visibles**, mais sur les **réalités encore invisibles**. Car les réalités visibles ne **durent qu'un temps**, mais les invisibles **demeureront éternellement** »* [2 Corinthiens 4 : 18 Versions Semeur].

Cherchez Dieu en toutes choses, car il est crucial de réaliser que, quelle que soit votre quête, vous la trouverez, selon la Bible [Matthieu 7 : 7]. Cependant, à l'instar de Paul, il est important de réfléchir à l'objet de nos efforts [Philippiens 3 : 7-8]. Il est préférable de se concentrer sur ce que Dieu attend de nous plutôt que sur l'accumulation de richesses matérielles ou sur l'acquisition de pouvoir. Ces choses ressemblent davantage à de la boue qu'à la gloire de Dieu, qui est infinie, et à la certitude que nous n'emporterons rien avec nous dans la tombe. Cette réflexion nous permettra d'utiliser notre richesse pour le bien des autres.

L'attachement ou l'amitié

L'attachement comporte deux facettes : il est semblable à une médaille et à un couteau. Il peut être avantageux, comme dans le cas d'une amitié saine, ou encore désavantageux, par exemple, quand il conduit à la dépendance. La Bible le montre, comme dans l'exemple de Jonathan et David, dont les âmes étaient profondément liées par un amour fraternel intense.

Pneumatikos_l'homme spirituel

*David avait achevé de parler à Saül. Et dès lors, l'âme de **Jonathan fut attachée à l'âme de David**, et Jonathan l'aima comme son âme.*

— 1 Samuel 18 : 1

De même, dans le Cantique Des Cantiques, l'amoureuse cherche son bien-aimé en disant : « *Dis-moi, ô toi que mon cœur aime, où tu fais paitre tes brebis, où tu les fais reposer à midi ; car pourquoi serais-je comme une égarée près des troupeaux de tes compagnons ?* » [Cantique des cantiques 1 : 7]

Il est crucial de rester vigilants, car l'histoire de Samson et Delila nous enseigne une leçon importante : l'attachement peut nous coûter la vie. Tous les jours, Delila harcelait Samson pour connaître le secret de sa force. Finalement, épuisé par son harcèlement, il lui avoua la vérité. En exploitant son amour pour elle, elle le trahit et le livra aux Philistins [Juges 16 : 18].

Nous devons examiner attentivement la nature de nos liens et de nos dépendances. Ils sont sains ou malsains ? Bien entendu, avec l'aide de l'Esprit Saint, nous serons capables d'en déterminer la qualité et la nature. Il ne s'agit pas de suspicion, mais plutôt de prudence, à l'image du serpent.

Les caractères antipathiques de l'âme

L'amertume

Le terme « amertume » vient du grec *Pikraino,* qui signifie « aigrir, envenimer, exaspérer, rendre fâché, indigné, être aigri, colère, récrimination et irrité ». Si vous avez probablement déjà goûté à l'absinthe, vous comprendrez mieux la notion de l'amertume. Métaphoriquement, il s'agit d'une haine amère.

*Veillez à ce que nul ne se prive de la grâce de Dieu ; à ce qu'aucune **racine d'amertume**, poussant des rejetons, ne produise du trouble, et que plusieurs n'en soient infectés.*

— Hébreux 12 : 15

Les ressentiments amers peuvent avoir des répercussions considérables sur l'existence d'une personne, suscitant une animosité profonde qui s'étend autour d'elle. Avant qu'une forêt apparaisse, on plante de jeunes pousses, que l'on doit entretenir pour qu'elles deviennent de grands arbres. La haine profonde, implantée en vous, peut également se propager et donner naissance à des rejetons.

Pour reprendre les mots de Michel D'Astier, « *le non-pardon, la colère raccourcie notre vie de 20 ans voir 40 ans de moins* »

*David fut dans une **grande angoisse**, car le peuple parlait de le lapider, parce que tous avaient de **l'amertume** dans l'âme, chacun à cause de ses fils et de ses filles. Mais David reprit courage en s'appuyant sur l'Éternel, son Dieu.*

— 1 Samuel 30 : 6

Dans le Livre de Samuel, David avait peur d'être lapidé par le peuple, car tous ressentaient une grande amertume dans leur cœur à cause de leurs enfants et petits-enfants kidnappés. Lorsqu'on ressent de la colère, on empoisonne son propre cœur ; si un venin de serpent s'introduit dans le corps d'une personne sans être soigné, il la tuera. C'est pourquoi il est crucial de savoir qu'en cas de colère, il faut prendre des mesures pour éliminer ce poison.

Pneumatikos_l'homme spirituel

L'irritation peut surgir chez un individu pour diverses causes, y compris après avoir subi une blessure. Cependant, Jésus nous rappelle l'importance de ne pas laisser la colère ou l'amertume nous submerger [Éphésiens 4 : 26]. Pour éviter cela, il suffit de retourner vers Jésus-Christ, de lui demander pardon et de déposer cette colère au pied de la croix.

Si nous confessons nos péchés, il est fidèle et juste pour nous les pardonner, et pour nous purifier de toute iniquité.

— 1 Jean 1 : 9

Dans un couple, quand l'amertume domine, c'est la porte ouverte aux problèmes. C'est pourquoi Paul exhorte les hommes de Colosses à ne pas se laisser emporter par la rancune envers leur épouse, mais plutôt à leur témoigner de l'amour.

*Maris, **aimez** vos femmes, et ne vous **aigrissez** pas contre elles.*

— Colossiens 3 : 19

Lorsque le mari et la femme s'enveniment mutuellement, leurs prières ne sont plus exaucées et ce qu'ils font l'un pour l'autre cesse d'être efficace. En effet, ils ne font plus qu'un depuis le jour où ils ont prononcé leur « oui » sacré. Le terme « unité familiale » est utilisé pour désigner cet état. Dès que cette unité est rompue, Dieu ne pourra plus agir dans leur vie en tant que couple.

Milieu où deux ou trois sont assemblés en mon nom, je suis au milieu d'eux.

— Mathieu 18 : 20

L'affliction et l'abattement

*Jusques à quand **affligerez-vous** mon âme, et m'écraserez-vous de vos discours ?*

— Job 19 : 2

L'histoire biblique de Job met en évidence la résilience dans les moments difficiles. Selon la Bible, c'était un homme juste et pieux qui a tout perdu, même sa famille, sa fortune et sa santé. Pourtant, en dépit des allégations de ses proches qui le jugeaient coupable d'avoir commis une faute pour attirer cette épreuve, Job est resté ferme dans sa croyance et son engagement envers Dieu.

Explorons l'origine grecque de ce concept en examinant les mots qui le définissent. Tout d'abord, *« pentheo »* signifie pleurer et se lamenter. Ensuite, *« thlipsis »* représente une oppression, un tourment, une souffrance, une persécution ou une détresse. Enfin, *« lupe »* exprime la tristesse, la douleur, la peine et le chagrin.

Il se peut qu'on vous ait fait subir de mauvais traitements, du mépris ou de la souffrance, sans que personne n'y prête attention. Sachez que Jésus ne vous a pas abandonné. Cependant, sachez aussi que, si vous ne résolvez pas ce problème rapidement, vous pourriez le répéter inconsciemment sur d'autres personnes. La mélancolie peut occasionnellement nous submerger, mais n'oubliez jamais que la source consolatrice, celle qui apaise et guérit, est déjà présente en vous : c'est le Saint-Esprit.

*Il leur dit alors : **mon âme est triste** jusqu'à la mort ; restez ici, et veillez avec moi.*

— Mathieu 26 : 38

Pneumatikos_l'homme spirituel

Comme l'esprit, l'âme peut également être profondément affectée. Dans ce passage, le terme « abattu » fait référence à la tristesse.

*Pourquoi **t'abats-tu, mon âme**, et gémis-tu au-dedans de moi ? Espère en Dieu, car je le louerai encore ; Il est mon salut et mon Dieu.*

— Psaumes 42 : 6

La Bible du français courant emploie l'expression « être désolé » pour parler d'une âme abattue. Être désolé, c'est comme être un arbre dont l'aspect est triste en raison de son manque de verdure. Une vie dont l'âme est abattue est comparable à celle d'un arbre qui souffre de la sécheresse. Si votre âme n'est pas heureuse, votre vie peut devenir sèche. C'est pourquoi David pose cette question à son âme : mon âme, pourquoi es-tu abattue ?

L'âme languissante

*Ils souffraient de la faim et de la soif ; leur **âme était languissante**.*

— Psaumes 107 : 5

Du grec *« pariemi »*, qui signifie « affaiblir », l'âme peut se trouver en état de faiblesse et d'épuisement. Il est vrai que l'âme peut parfois manquer de courage dans certaines circonstances. Il est donc crucial de la renforcer.

*Considérez, en effet, celui qui a supporté contre sa personne une telle opposition de la part des pécheurs, afin que vous ne vous lassiez point, **l'âme découragée**.*

— Hébreux 12 : 3

Psuche_l'âme

Rappelons-nous l'histoire de Josué, qui devait pénétrer sur le territoire de Canaan, une terre que Dieu avait promise à Israël, terre d'abondance en lait et en miel. Toutefois, les israélites ont fait face à des obstacles lorsqu'ils ont essayé de s'emparer de ce territoire. À cet égard, Moïse, dans le passé, avait dépêché des éclaireurs pour inspecter le pays de Canaan [Nombres 13 : 2]. Malheureusement, une population était déjà installée là-bas, composée de descendants d'Anak, selon le récit des Nombres, chapitre 13, verset 28. C'est pourquoi Dieu a parlé ainsi à Josué :

> *Fortifie-toi et prends courage, car c'est toi qui mettras ce peuple en possession du pays que j'ai juré à leurs pères de leur donner.*
>
> — Josué 1 : 6

Lorsque Dieu a exhorté Josué à se renforcer et à avoir du courage, il s'adressait à son âme. Ce message sous-entendait que Dieu désirait que l'âme de Josué reste inébranlable et pleine de force, car Il serait présent à ses côtés.

L'âme troublée

L'origine étymologique du terme « trouble » se trouve dans le mot grec *« tarachos »*, qui signifie « agitation » ou « tumulte ». Par conséquent, une âme tourmentée est une âme emplie de confusion et de désordre. Quant à lui, le verbe « troubler » dérive du mot grec *« tarasso »,* qui signifie « éveiller l'inquiétude et l'anxiété » ou encore « susciter la perplexité chez quelqu'un en lui suggérant des scrupules ou des doutes ».

Pneumatikos_l'homme spirituel

*Maintenant **mon âme est troublée**. Et que dirais-je ?... Père, délivre-moi de cette heure ?... Mais c'est pour cela que je suis venu jusqu'à cette heure.*

— Jean 12 : 27

N'oubliez pas que, selon la Bible, Élie, effrayé par les menaces de mort proférées contre lui par la reine Jézabel, après avoir vaincu les prophètes de Baal, prit la décision difficile de partir pour préserver sa sécurité [1 Rois 19 : 3]. Cela montre qu'il ressentait une intense anxiété et une profonde tristesse, malgré ses prouesses accomplies grâce à l'aide divine.

> *Des circonstances spécifiques peuvent ébranler la croyance d'une personne. Des pensées remplies de culpabilité ou d'incertitude peuvent déclencher chez elle de l'anxiété, ce qui la pousse à l'inactivité face à des situations perçues comme difficiles.*

Psuche_l'âme

Chapitre 4

Soma_le corps céleste

Le corps est le temple du Saint-Esprit

Le corps humain est difficile à décrire avec exactitude. On peut toutefois en donner une description simple. Selon la vision scientifique, il est composé d'un ensemble complexe de différents types de cellules. Ces cellules sont les briques élémentaires et vitales qui constituent les structures corporelles. À sa naissance, un bébé possède déjà toutes les cellules nécessaires à son développement jusqu'à l'âge adulte. Son corps contient environ 65 % d'eau [soit près de 45 litres pour une personne pesant approximativement 70 kg].

Cependant, la quantité d'eau dans un corps humain dépend de plusieurs facteurs, dont la taille, la corpulence ou encore l'âge. Chez le nouveau-né, elle atteint 75 %, mais tombe à 60 % chez l'adulte pour ensuite descendre à 55 % chez les personnes âgées. De plus, il ne faut pas oublier que le corps humain possède cinq sens : l'ouïe, l'odorat, le toucher, le goût et la vue. Grâce à ceux-ci, on peut interagir avec notre environnement. Voilà comment on peut brièvement résumer le corps humain sous son aspect physique. Ainsi, nous examinerons plus tard l'importance de ce concept dans le contexte biblique. Pour commencer, explorons les origines de l'humanité.

Vue d'ensemble sur les origines des êtres humains

Selon la théorie de l'évolution de Charles Darwin, les êtres vivants, y compris l'homme, ont évolué progressivement en réponse aux changements de leur milieu. Cette évolution aurait donné naissance à l'espèce humaine. Toutefois, le Livre de la Genèse, dans la Bible, offre une explication différente quant à l'origine de l'homme. Le livre de la Genèse décrit comment Dieu a façonné l'homme à partir de la poussière du sol et a insufflé en lui un souffle de vie, le transformant ainsi en une créature vivante.

L'éternel Dieu forma l'homme de la poussière de la terre, il souffla dans ses narines un souffle de vie et l'homme devint un être vivant.

— Genèse 2 : 7

Le récit fondateur de l'origine de l'humanité, tel qu'il est relaté dans les Écritures, met en évidence la façon dont Dieu a modelé l'être humain à partir de la poussière de la Terre. Étant donné que notre corps est principalement constitué d'eau [environ 65 %], il serait logique de croire que c'est également à partir de cet élément qu'il a été créé. La Bible n'en dit toutefois pas plus : elle affirme seulement que Dieu a insufflé son souffle dans l'être humain pour lui donner vie. Il ne fait aucun doute que l'être humain, cette entité mystérieuse, est un être divin aux multiples facettes, mêlant matière et esprit.

Les Écritures saintes rapportent que l'Esprit de Dieu planait sur les eaux selon Genèse 1 : 2. Cette expression peut être interprétée de diverses manières. Toutefois, on peut comprendre le verbe

Pneumatikos_l'homme spirituel

« mouvoir » comme signifiant « couvrir » ou « protéger la vie ». Cela permet de saisir comment Dieu a pu créer l'être humain à partir des éléments préexistants de l'eau, de la terre et de l'esprit. L'Éternel a donc utilisé l'eau et la terre pour façonner le corps humain tout en lui insufflant un souffle divin. En résumé, on peut affirmer que l'origine de l'homme découle d'éléments tant matériels que spirituels.

a) Elle provient de la terre, plus précisément de sa poussière.

b) Elle est formée à partir de l'eau.

c) La Bible nous apprend que Dieu a insufflé un souffle dans les narines de l'homme. À cet instant, l'être humain est devenu une âme vivante. Cette étape cruciale a donné vie à l'homme et a rendu possible son existence. Par conséquent, pour qu'une âme soit réellement vivante, l'esprit doit être présent dans le corps de l'humain. C'est ainsi que la première âme humaine a vu le jour, animée par la vie et liée à son créateur par son essence même. « *Il est semé corps animal, il ressuscite le corps spirituel. S'il y a un corps animal, il y a aussi un corps spirituel* » [1 Corinthiens 15 : 44].

La Bible parle explicitement de différents corps, tels que le corps céleste et le corps terrestre, également appelé corps naturel.

*Il y a aussi des **corps célestes** et des **corps terrestres** ; mais autre est l'éclat des **corps célestes**, autre celui des corps terrestres.*

— 1 Corinthiens 15 : 40

Le corps physique, transitoire et tangible, occupe une place centrale dans nos considérations, puisqu'il reflète notre expérience terrestre. Il ne faut pas pour autant ignorer le corps céleste, qui peut être divisé en diverses catégories. En effet, comme nous l'avons déjà abordé dans le contexte de la renaissance et de la résurrection, il est crucial de mourir au péché aux côtés de Jésus-Christ pour qu'il puisse pleinement habiter en nous et que notre chair soit crucifiée. De cette manière, nous sommes en mesure d'obtenir un corps céleste.

Selon Paul, le corps mortel revêtira l'immortalité. Ce passage ne signifie pas que nous ne mourrons plus jamais dans notre corps physique. Il est possible que ce soit le cas si nous restons sur Terre jusqu'à l'avènement du Christ. Pour atteindre l'incorruptibilité et la détermination nécessaires pour aller jusqu'au bout, il faut maîtriser nos désirs et renoncer à notre égo, avec l'aide du Saint-Esprit. Ainsi, notre corps sera capable de manifester la sainteté dans tous les aspects de notre vie.

Car il faut que ce corps corruptible revête l'incorruptibilité, et que ce corps mortel revête l'immortalité.

—1 Corinthiens 15 : 53

Le Saint-Esprit et le corps

Depuis l'origine de l'univers jusqu'à nos jours, en passant par la vision de Jean dans l'Apocalypse, nous avons de nombreuses preuves tangibles de l'action et de l'existence même du Saint-Esprit dans tous les aspects de notre existence. En vérité, lorsque Dieu façonna la terre, elle était encore inachevée et dénuée de vie. Cependant, l'Esprit divin flottait au-dessus des eaux [Genèse 1 : 2], ce qui implique qu'il enveloppait l'ensemble du globe, préservant ainsi l'humanité du mal et en l'influençant positivement.

Bien entendu, nous lisons régulièrement divers ouvrages pour en

Pneumatikos_l'homme spirituel

savoir plus sur le rôle du Saint-Esprit et explorer de nouvelles pistes. Cependant, il ne faut pas perdre de vue que le plus important, c'est notre relation intime avec lui. C'est une discussion privilégiée, semblable à celle qu'on aurait avec un ami, un frère, un confident ou un conseiller.

Chacun d'entre nous a sans doute déjà réfléchi sur l'identité du Saint-Esprit. Pour ceux qui ne l'ont pas encore rencontré, il est temps de faire sa connaissance et de l'accueillir dans votre cœur. Nous connaissons son mode de fonctionnement, mais il nous arrive parfois de ne pas percevoir sa présence ou de ne pas ressentir son influence dans notre existence. Dans ces moments-là, nous restons sur notre faim et nous ne parvenons pas à assouvir notre soif spirituelle.

Heureusement, nous avons la possibilité de mieux comprendre le Saint-Esprit aujourd'hui. En lisant cette section, notre compréhension profonde de sa nature devrait correspondre à notre développement spirituel. Cependant, la compréhension de l'Esprit ne se limite pas à la lecture d'un livre ou à l'apprentissage de nouvelles connaissances.

Pour les chrétiens qui ont partagé la vie de Jésus et qui sont morts avec lui, il est crucial de saisir l'influence du Saint-Esprit sur leurs esprits [leurs consciences, leurs intuitions et leurs communions avec Lui] ainsi que sur leurs âmes. Cette connaissance ne se limite pas à l'acquisition de concepts intellectuels ; elle découle avant tout d'une relation personnelle avec le Saint-Esprit. Notre corps est le sanctuaire du Saint-Esprit [une maison sacrée]. Dans l'Ancien Testament, le temple représentait la demeure divine, l'endroit où Dieu résidait. Les prêtres y venaient pour recevoir ses directives et y offraient des sacrifices et des holocaustes en son honneur [Habacuc 2 : 20]. Depuis

Soma_le corps céleste

la mort de Jésus-Christ pour nos fautes, le temple ne se limite plus à une structure matérielle, mais notre corps lui-même est perçu comme un sanctuaire sacré [nous sommes tous capables d'être des temples] [1 Corinthiens 3 : 16].

Vous êtes probablement conscients de l'importance de prendre soin de votre corps. En effet, l'abus de substances psychoactives, la consommation excessive d'alcool, les excès alimentaires, les relations sexuelles multiples ou les infidélités peuvent avoir des conséquences néfastes sur votre santé physique, mentale et spirituelle.

Luc 17 : 21 nous rappelle que le royaume de Dieu est en nous et autour de nous. Cependant, la liberté que nous avons en Christ ne doit pas être perçue comme une excuse pour agir sans réflexion. En effet, chaque choix que l'on fait affecte notre corps, notre âme, ainsi que notre développement spirituel. Bien que la Bible n'interdise pas spécifiquement la consommation de drogues ou de tabac, il est crucial de réfléchir à l'influence de ces substances sur notre croissance physique et spirituelle. En effet, comme le souligne 1 Corinthiens 10 : 23, « *Tout est permis, mais tout n'est pas utile ; tout est permis, mais tout n'édifie pas* » ; nous devons rester vigilants quant aux conséquences de nos actions sur notre corps et notre âme, et agir avec discernement et prudence.

Les Saintes Écritures nous enseignent que ce que nous mangeons est destiné à notre estomac, tandis que notre estomac est destiné à recevoir de la nourriture [1 Corinthiens 6 : 13]. Toutefois, notre corps ne doit pas être utilisé pour la débauche, mais plutôt pour servir le Seigneur. Nous devons garder à l'esprit que notre corps appartient à Dieu, et que nous devrons en rendre compte le jour du jugement dernier. En détruisant l'habitat de Dieu, nous risquons de susciter sa colère et sa punition [1 Corinthiens 3 : 17].

L'apôtre Paul nous exhorte à considérer notre corps comme des membres de Jésus-Christ, et à lui témoigner respect et estime. Il ne doit pas être profané en étant utilisé à des fins perverses ou destructrices. Effectivement, notre corps est le sanctuaire du Saint-Esprit, qui nous a été confié par Dieu. Par conséquent, nous avons la charge de bien l'entretenir. Pour y parvenir, il est crucial d'adopter une routine de vie équilibrée. Il faut manger sainement, faire de l'exercice régulièrement, dormir suffisamment et s'abstenir de consommer des substances toxiques. Il est également important d'adopter de nouvelles habitudes pour témoigner notre gratitude envers Dieu pour tous les bienfaits qu'il nous a accordés.

Qui est le Saint-Esprit et existe-t-il vraiment ?

J'ai rencontré des chrétiens dont la connaissance du Saint-Esprit était profonde, mais aussi d'autres qui l'ignoraient, bien qu'ils eussent été régénérés. Il serait injuste de leur en vouloir, car ils n'ont pas eu l'occasion d'apprendre ces choses. Paul a demandé aux disciples d'Éphèse ceci :

*Aviez-vous reçu le **Saint-Esprit**, quand vous avez cru ? Aux disciples de répondre : Nous n'avions même pas entendu dire qu'il y ait un Saint-Esprit.*

— Actes 19 : 2

Le baptême d'eau est important, mais, sans le Saint-Esprit, nous ne pouvons rien faire. Il possède une nature divine, tout comme le Père et le Fils. En effet, dans sa seconde lettre aux Corinthiens, l'apôtre Paul identifie le Saint-Esprit au « Seigneur » [2 Corinthiens 3 : 17]. Tout ce qui a une substance et une identité propre est considéré comme une personne plutôt que comme une simple énergie. Or, le Saint-Esprit possède ces qualités. Pour en savoir plus sur ce sujet, voici des versets bibliques à étudier :

a) Le Saint-Esprit peut ressentir de la tristesse [Éphésiens 4 : 30]

b) L'Esprit de Dieu a une volonté propre [1 Corinthiens 12 : 11]

c) Il est capable de conduire et de montrer la voie [Luc 4 : 1]

d) C'est le consolateur et l'enseignant [Jean 14 : 26 et Luc 12 : 12]

e) Il est l'Esprit de vérité [Jean 14 : 17]

f) L'Esprit de Dieu nous aide à prier [Romains 8 : 26-27]

g) Sans lui, nous ne pouvons pas reconnaître Jésus comme Sauveur et Seigneur [1 Corinthiens 12 : 3]

Quelques dangers pour le corps humain

Les maladies et les infirmités

Mais lui, il était blessé à cause de nos transgressions, brisé à cause de nos fautes : la punition qui nous donne la paix est tombée sur lui, et c'est par ses blessures que nous sommes guéris.

— Ésaïe 53 : 5

La maladie est dangereuse pour notre corps, mais, grâce à Jésus, nous n'avons plus à craindre ses conséquences. Il est inutile de se morfondre sur la maladie, car elle fait partie intégrante de la vie.

Pneumatikos_l'homme spirituel

Quand nous sommes confrontés à des épreuves difficiles, il est crucial de tourner notre regard vers Jésus-Christ, notre infaillible médecin, qui a été envoyé par Dieu et qui opère sur terre par l'intermédiaire du Saint-Esprit.

Comment la maladie handicape-t-elle le corps ?

Dans notre génération, il est fréquent que des hommes atteignent l'âge de 120 ans, voire davantage. Toutefois, le monde doit faire face régulièrement à des épidémies et à des pandémies qui causent d'importants dégâts. Chacun a le pouvoir de se questionner sur les mécanismes par lesquels ces maladies peuvent perturber le fonctionnement harmonieux du corps humain, sans aucune prétention.

<u>La paralysie</u>

La paralysie correspond à une perte de motricité due à une diminution ou une perte de la contractilité d'un ou plusieurs muscles. Cette situation survient à la suite de lésions des voies nerveuses ou des muscles. Dans le cas où le phénomène n'est que partiel, on parle plutôt de parésie. L'atrophie peut être le résultat d'une atteinte du système nerveux central et du système nerveux périphérique.

Le récit de la guérison du serviteur du centurion romain met en évidence les conséquences néfastes de la maladie sur la vie quotidienne. Le centurion romain était un personnage influent à Capernaüm, mais son serviteur était paralysé et incapable d'accomplir ses tâches quotidiennes et de prendre soin de son maître. Une maladie peut aussi compromettre vos projets personnels et vous empêcher de vous occuper de vos proches. Elle peut restreindre les petits plaisirs de la vie quotidienne, ce qui rend chaque jour plus ardu.

Nous ne devrions pas non plus oublier le cas de la femme atteinte d'une perte de sang [Matthieu 9 : 20-22]. Bien qu'elle ne soit pas impotente, elle a enduré cette maladie pendant plus d'une décennie [douze ans]. Elle avait des pertes constantes et cela l'embarrassait dans les lieux publics, perturbant ainsi complètement son existence et la privant de toute vie sociale. Pour cette femme, la souffrance qu'elle a endurée à cause de son état était désagréable et douloureuse à vivre.

Il est important de se souvenir aussi de l'histoire du lépreux que Jésus a rencontré au pied de la montagne [Matthieu 8 : 1-4]. À l'époque, la lèpre était considérée comme une malédiction. Les lépreux étaient mis en quarantaine hors des villes et devaient subir beaucoup de discriminations, car le traitement de cette maladie n'existait pas encore. Ils devaient donc être isolés et privés de toute interaction sociale.

L'histoire de la belle-mère de Pierre, atteinte d'une fièvre [Matthieu 8 : 14-15], nous montre que les maladies peuvent également engourdir une vie. À l'époque, la fièvre était très répandue et difficile à soigner. Les gens craignaient de l'attraper, car elle pouvait perturber, même conduire à la mort. De plus, elle occasionnait beaucoup de douleurs physiques. Heureusement de nos jours, il est possible de traiter cette maladie avec des médicaments. Malgré cela, certaines régions du monde sont encore confrontées à des épidémies de fièvre faute de traitement disponible. L'histoire de la belle-mère de Pierre démontre ainsi que même les infections bénignes peuvent entraîner des complications.

Tous ces exemples démontrent que les maladies peuvent affecter

Pneumatikos_l'homme spirituel

n'importe quel corps, qu'il soit grand, petit, fort, faible, riche ou pauvre. Lorsqu'un corps est atteint par une infirmité, il devient plus fragile, ce qui rend la personne plus susceptible à la souffrance physique et psychologique.

Il est remarquable de noter que toutes les personnes qui ont été guéries par Jésus avaient foi en sa capacité à les guérir. La foi est un facteur clé dans la bataille contre la maladie : « *Tout est possible à celui qui croit* ». Certains médicaments peuvent atténuer la douleur et peut-être les guérir, mais certaines maladies sont incurables. Jésus a endossé nos infirmités et nos détresses sur la croix.

Il n'est plus nécessaire de subir des souffrances causées par la maladie. Votre corps ne devrait pas être torturé par des douleurs ou des handicaps. Vous pouvez compter sur la promesse de la foi, qui a aidé de nombreuses personnes à surmonter leur souffrance physique. Maintenant, c'est votre tour de vous lever et de vous libérer de vos douleurs corporelles. La véritable liberté, c'est celle de l'esprit, mais, si votre corps est tourmenté, cela peut aussi affecter votre esprit. N'oubliez jamais cette vérité : là où réside l'Esprit de Dieu, là, on y trouve également la liberté.

La mort prématurée

Nous abordons ici le sujet de la mort prématurée, sachant que tout le monde finira par mourir un jour. Il ne s'agit pas de chercher à devenir immortel sur Terre. Le point principal est de comprendre les dangers que la mort prématurée peut représenter pour notre corps et notre destinée. Nous sommes ici sur Terre pour remplir une mission particulière. Malheureusement, certains événements imprévus peuvent mettre fin prématurément à la vie de certaines personnes, interférant ainsi avec leur destinée.

Soma_le corps céleste

L'un des facteurs qui favorisent un départ précoce de la vie terrestre est ce que nous mangeons. Selon les spécialistes de la nutrition, ce que nous mangeons peut avoir un impact considérable sur notre développement, que ce soit sur notre cerveau, notre musculature ou notre squelette. Dans des situations extrêmes, cela peut même entraîner la mort par maladie.

Quelle que soit la cause potentielle de la mort, Jésus nous a conféré le pouvoir sur le royaume des morts [Matthieu 16 : 18]. Bien que le diable soit venu pour détruire, voler et tuer, il est crucial de se souvenir que Jésus-Christ est venu pour offrir la vie et pour que nous soyons dans l'abondance [Jean 10 : 10]. Par conséquent, nous avons le pouvoir de vaincre la mort prématurée.

Le récit de la veuve de Sarepta relate le décès précoce de son enfant dans sa demeure. Le prophète Élie s'y était arrêté pour y prendre un repas. Plusieurs événements s'enchaînèrent, y compris le décès de l'enfant. Voici la petite histoire selon le livre de 1 Rois 17 : 8-16.

Lors d'une grave crise de sécheresse, il y avait à Sarepta une veuve et son enfant. En dehors de la ville, elle rencontra Éli, le Thischbite, qui lui demanda de l'eau et de la nourriture. La veuve, épuisée, lui avoua ne posséder que quelques grammes de farine et une faible quantité d'huile. Elle expliqua qu'après avoir préparé ce dernier repas, ils n'auraient plus rien à se mettre sous la dent, et qu'ils mourraient bientôt de faim. Le prophète l'exhorta alors à lui préparer d'abord un plat avec ces maigres ressources. Cela semblait irrespectueux et cruel, car ces derniers n'avaient plus que cette portion de farine. Pourtant, un miracle s'est produit : comme l'avait prédit le prophète, il ne manqua pas d'huile et farine dans sa maison.

Pneumatikos_l'homme spirituel

Hélas, un accident fatal est survenu peu de temps après le départ de l'homme de Dieu : le jeune garçon est décédé.

Selon la Bible, malgré les miracles opérés par Élie, le fils de la veuve est tombé malade et sa maladie était si grave qu'il a cessé de respirer [1 Rois 17 : 17]. Pourtant, cette triste fin fut évitée grâce à l'intervention du prophète Élie, qui ressuscita l'enfant. Ce récit met en lumière la gravité du sujet de la disparition prématurée. Un jeune homme, qui n'avait pas encore atteint l'âge de vingt ans, était sur le point d'être emporté par la mort prématurée. En effet, si l'on a foi en Dieu, il est capable de ressusciter une personne, même dans les situations qui semblent sans espoir.

Le fils de la femme Sunamite a connu le même sort que le fils de la veuve de Sarepta [2 Rois 4 : 18-37]. Tout a commencé par des maux de tête [2 Rois 4 : 19], qui se sont ensuite transformés en une maladie grave et l'ont conduit à la mort. Lorsque le prophète Élisée est venu voir la femme, son fils était déjà décédé [2 Rois 4 : 32]. Il est capital de ne pas minimiser la souffrance corporelle. En ce qui concerne le fils de la femme de Sunam, plusieurs personnes y compris son père, considéraient ses maux de tête comme bénins. Cependant, sa mère les a pris au sérieux.

Dans le Nouveau Testament, une histoire semblable est arrivée au fils de la veuve de Naïn [Luc 7 : 11-17]. Ce jeune homme était déjà mort lorsque sa mère l'a amené à Jésus. En touchant le cercueil, Jésus l'a ressuscité. Il est possible que ce garçon soit décédé prématurément et n'ait pas eu l'opportunité de réaliser ses rêves. Fort heureusement, Jésus était là pour lui redonner une seconde chance.

La mort prématurée n'est pas censée avoir le dessus sur vous lorsque vous rencontrez le Christ. Vous quittez cette terre une fois

Soma_le corps céleste

votre mission accomplie. Il est également de notre responsabilité de refuser la mort prématurée. Satan est venu uniquement pour nous anéantir, nous faire du mal et nous dépouiller, tandis que Jésus est venu pour nous offrir la vie et pour que nous soyons dans l'abondance.

N'oubliez pas non plus les histoires de la fille de Jaïrus, chef de la synagogue [Luc 8 : 52-56], ni celle de la résurrection de Lazare de Béthanie [Jean 11 : 43-44]. Vous connaissez sans doute aussi celle d'Eutychus, qui est mort dans son sommeil pendant que Paul prêchait [Actes 20 : 7-12]. Une des histoires les plus mémorables de la Bible est celle du roi Ézéchias, qui a refusé de mourir [2 Rois 20 : 2]. La mort était prête à l'emporter, mais il ne l'a pas laissé agir. Il était conscient qu'il n'avait pas encore accompli toutes les tâches qui lui avaient été assignées. Heureusement, aujourd'hui, grâce à Jésus-Christ, nous avons le pouvoir de refuser une mort prématurée. La mort peut frapper à notre porte, peut-être parce qu'elle a trouvé un accès dans notre vie. Mais souvenons-nous de ceci : *Il n'y a donc maintenant aucune condamnation pour ceux qui sont en Jésus-Christ* [Romains 8 : 1].

Chapitre 5

Vis pleinement ta dimension céleste sur la terre

*Il y a aussi des **corps célestes** et des **corps terrestres** ; mais autre est l'éclat des **corps célestes**, autre celui des corps terrestres.*

— 1 Corinthiens 15 : 40

Comme mentionné au début de cet ouvrage, ***L'homme spirituel_Pneumatikos*** est le résultat de plusieurs années consacrées à la réflexion, à la prière et à la méditation sous la houlette du Saint-Esprit. Ce voyage m'a aidé à découvrir qui j'étais vraiment et ce que Dieu avait déposé en moi pour communiquer avec Lui. J'espère que ma révélation vous inspirera et vous aidera à mieux comprendre votre propre nature spirituelle et à découvrir ce que Dieu attend de vous.

Voici les motivations qui m'ont incité à rédiger cet ouvrage : *« Dieu est Esprit et il faut que ceux qui l'adorent, l'adorent en esprit et en vérité »* [Jean 4 : 24].

N'oubliez pas que vous êtes avant tout un être spirituel, animé d'une âme et habité par un corps. Vous n'avez pas à vous laisser guider par les désirs de votre chair ou de votre âme. Au contraire, vous avez la possibilité de choisir de vous soumettre à l'Esprit de Dieu, qui réside en vous.

Vis pleinement ta dimension céleste sur la terre

Le livre ***L'homme spirituel_Pneumatikos*** s'intéresse aux trois composantes de l'être humain : l'esprit, l'âme et le corps. Il examine le fonctionnement de l'esprit en présence de Dieu, dans un contexte donné. Les explications ne sont pas exhaustives, mais elles sont cruciales pour bien comprendre comment votre esprit entre en contact avec Dieu par le biais du Saint-Esprit.

Toutefois, l'ouvrage ne définit pas l'esprit comme l'intégralité de l'être humain. En réalité, la notion de totalité ne devient complète qu'en évoquant également le siège de notre personnalité et le temple du Saint-Esprit. De plus, l'œuvre énumère trois aspects non exhaustifs de l'âme : l'intelligence, les émotions et la volonté. De plus, il ne faut pas oublier le concept biblique du « temple du Saint-Esprit », souvent négligé lorsqu'on évoque l'homme spirituel. Ce concept est pourtant crucial, car il est important de se rappeler que le corps est le domicile du Saint-Esprit.

> *Que le Dieu de paix vous sanctifie lui-même tout entier, et que tout votre être, l'esprit, l'âme et le corps, soit conservé irrépréhensible, lors de l'avènement de notre Seigneur Jésus Christ !*
>
> — 1 Thessaloniciens 5 : 23

Chaque individu, que ce soit un homme ou une femme, a la responsabilité de prendre soin de son esprit, son âme et son corps pour atteindre la stature spirituelle parfaite. En effet, comme le stipule le Livre des Proverbes, version Parole de Vie ; « *Par-dessus tout, surveille ton cœur, car il est la source de la vie* » [Proverbes 4 : 23]. Cette maxime s'adresse autant aux femmes qu'aux hommes désirant développer leur vie spirituelle. Pour illustrer la véritable essence de l'être humain, gardons à l'esprit que Dieu attache une

Pneumatikos_l'homme spirituel

grande valeur à chacun des aspects qui composent chaque individu : son esprit, son âme, mais surtout, son corps. Voilà pourquoi, lorsqu'une personne meurt, son corps se transforme en poussière, tandis que son esprit retourne vers Dieu. Quant à son âme, elle peut se retrouver soit auprès de Dieu, soit en enfer.

Toutefois, il est impossible d'expérimenter la vie d'homme spirituel sans l'avoir reçue auparavant. Je vous invite donc à prononcer cette prière et à vous joindre à la grande famille de Dieu, où Jésus-Christ est l'aîné parmi de nombreux frères et sœurs. Vous deviendrez ainsi un membre du corps de Christ.

Heater Holleman, l'auteur de « Je t'ai choisi », exprimait cette idée : *Quand vous devenez chrétien, vous entrez dans la famille de Dieu, et vous y assumez un rôle particulier... vous recevez le privilège illimité d'être un enfant de famille royale et vous acceptez aussi l'invitation de bénir les autres membres de famille.*

Vis pleinement ta dimension céleste sur la terre

Prière du salut

Si tu es en train de lire ceci, je suppose que tu as atteint la fin. Après avoir lu ces lignes, tu t'interroges sur la manière dont tu peux exprimer cette vérité, bien que tu ne sois pas croyant. Tu es au bon endroit et tu te poses les bonnes questions. Pour obtenir les avantages d'une nation, il faut en être citoyen. Il en va de même pour le royaume de Dieu : pour en profiter, il faut être son enfant.

La prière du salut fonctionne comme une procédure d'acquisition de la citoyenneté dans une nation. En effet, lorsque vous faites cette prière, un changement s'opère, vous passant du royaume des ténèbres à celui de Dieu, et vous intégrant ainsi dans sa famille. Il vous adopte et vous traite désormais comme son propre enfant. Il vous a sauvé par le biais du sacrifice de Jésus-Christ à la croix, où il a versé son sang comme prix pour votre libération, une garantie pour votre délivrance. Pour vivre une vie saine et pure, où vous restez ferme et inébranlable, je vous invite à réciter cette prière avec moi.

Seigneur Jésus, je reconnais ma condition de pécheur et j'implore ton pardon pour mes fautes. Je suis conscient que tu es mort sur la croix pour expier mes péchés et que tu es venu pour habiter dans mon cœur. Je te demande de pardonner mes fautes et de régner sur ma vie. Je te reçois maintenant comme mon Seigneur et mon Sauveur, et je t'accepte dans mon cœur. Je crois en ton salut et en ton sang qui m'a racheté. Guide-moi sur le chemin de la vérité, car tu es la vérité même. Je sais que tu m'as réservé une demeure au ciel avec toi. Merci, Seigneur. Amen.

Prière du salut

Bienvenue dans la famille de Christ ! N'hésitez plus et vivez la vie pour laquelle vous êtes sur Terre. Trouvez votre place dans la société et découvrez les trésors spirituels que Dieu a enfouis en vous. Sachez que vous êtes précieux aux yeux de Dieu, Il vous aime.

DU MÊME AUTEUR

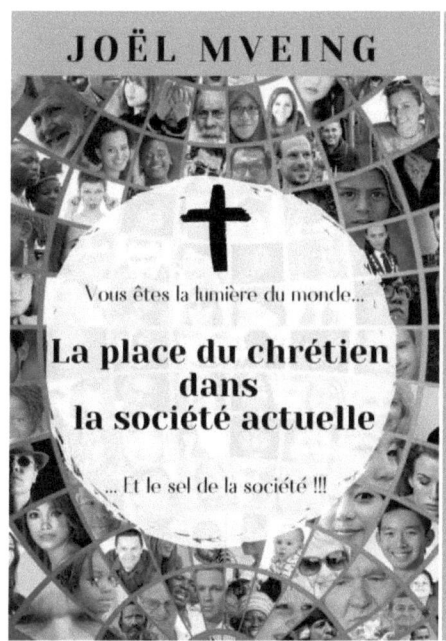 

Disponible sur

WWW.EDITIONOASIS.COM

Disponible sur

WWW.BOD.FR

Contact : joelr.mveing@gmail.com